エリザベス
マリア
ードル
フェン

魍鬼と呼ばれた男、王家に暗殺されたら娘を拾い、
一緒にスローライフをはじめる
Denka Haaana Illustration DeeCHA

戦鬼と呼ばれた男、王家に暗殺されたら娘を拾い、一緒にスローライフをはじめる

1

ハーーナ殿下
Illustration DeeCHA

目次

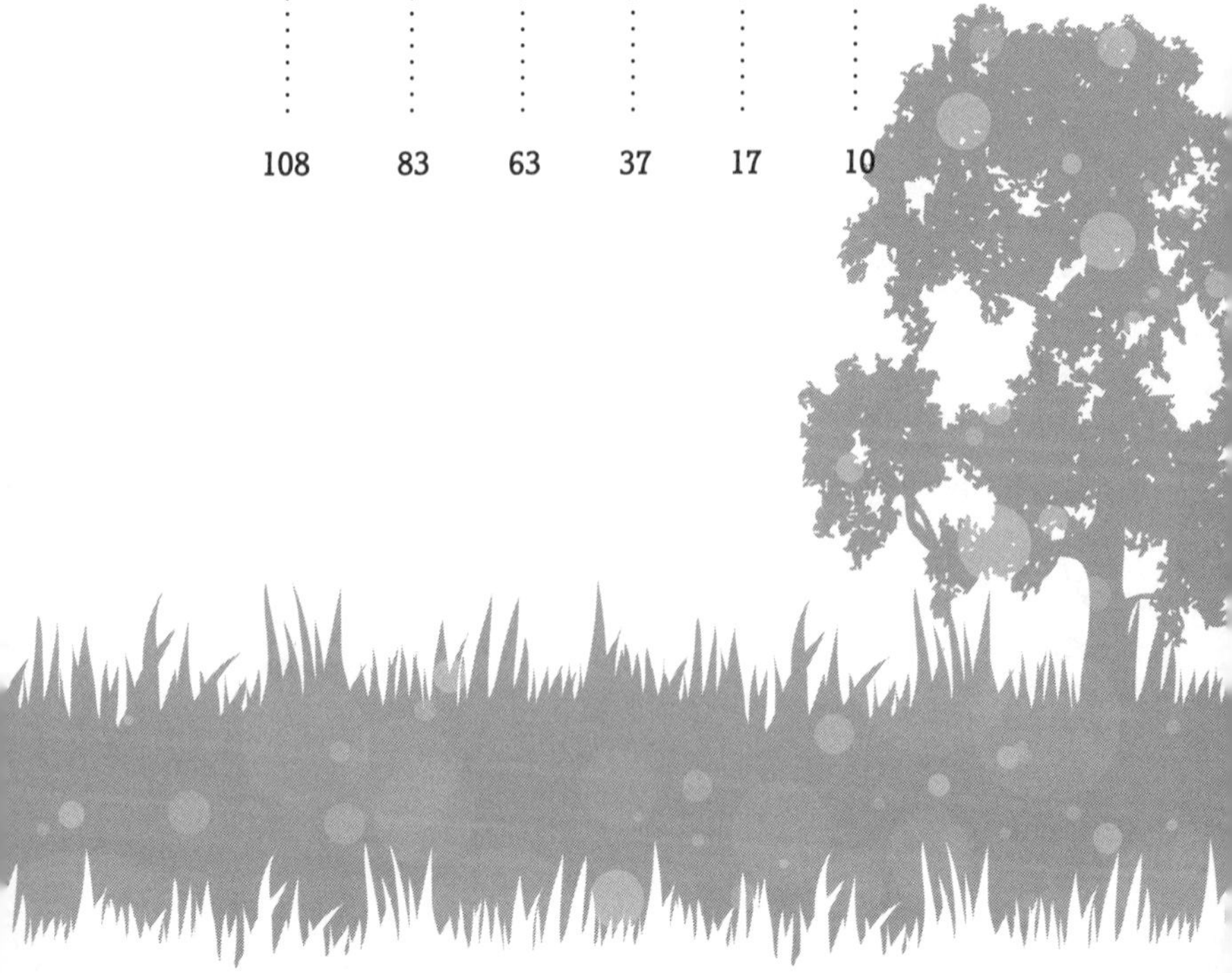

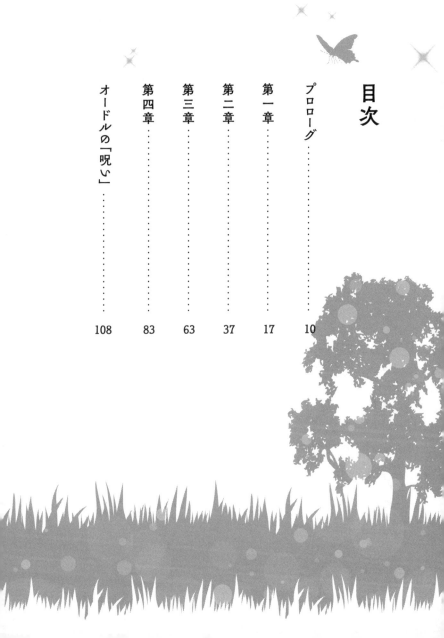

プロローグ

王国と帝国は長きに亘り、戦を繰り返してきた。

だが、ここ一年で戦局は大きく動いた。帝国との決戦に、王国が勝利。

自国にとって有利な停戦協定を、結ぶことができたのだ。

王都の城では停戦を祝い、盛大なパーティーが行われることになった。

王国に傭兵として雇われていたオレも、宴席で祝いの酒を飲んでいた。


だが事件は、その日の深夜に起きた。

「戦鬼《せんき》オードル、お前を粛清する！」

祝い酒で心地よい眠りについていたオレは、黒づくめの集団から夜襲を受けた。

「粛清するだと？　いったい何のために？」

オレは戦場では〝戦鬼オードル〟として、敵味方に恐れられていた。名指しであったことから考えても人違いではない。

だから寝室に侵入してきた相手に、理由を尋ねる。

「……」

「なぜ味方であるオレを殺そうとするのだ?」

無言の相手に、再度尋ねる。

言葉の訛《なまり》から、王国の者であることは間違いない。つまり状況的に自分は友軍に、暗殺されようとしているのだ。

ゆえにオレは相手に理由を聞いた。

なぜ仲間を殺そうとするのか? と。

「この火の回り方だと、あまり時間はない。誰か早く答えてくれ」

ちなみに自分が寝ていた建物は、ごうごうと燃えている。ここは王都のオレの屋敷。

こいつらが周囲に火をつけたのであろう。

「………」

何度尋ねても、黒づくめの集団は答えてくれなかった。

相手の反応も予想はしていた。

こいつらはどう見てもプロの暗殺集団。余計なことは言わないように訓練されているのだ。

「はっはっは……理由が知りたいだと、オードル?」

しかし、一人だけ反応した男がいた。

奥に隠れていたところを見ると、集団を率いている指揮官なのだろう。黒い布をとって、素顔を見せてくる。

「お前はたしか……黒羊騎士団の？」

その指揮官の顔に、見覚えがあった。

王国軍の中でも、上位の騎士団に所属する騎士。名前は覚えていない。

「つまり今回のこの暗殺は、上からの差し金ということか？」

指揮官の顔を見て、全てを察した。

こいつは国王の汚れ役を、陰で引き受けていることで有名な男。今回の襲撃も、国王の指示があったということになる。

「学のない下賤《げせん》な傭兵のわりには、頭が回るようだな！　その通りだ、オードル！　お前は国王陛下の名にかけて、ここで粛清されるのだ！」

相手は調子に乗ってベラベラと語り出してきた。

オレを取り囲むのは、数十人の黒づくめの武装集団。人数的に余裕を感じているのであろう。

「なるほど、そういうことか」

これで黒幕が確定した。やはり国王が今回の黒幕なのか。

「あの国王がオレを粛清だと？　心外だな。この王国のために、だいぶ尽くしてきたつもりだが？」

オレはしがない傭兵だが、縁あって王国には長く仕えてきた。

ここ五年は常に最前線に立って、武功を上げてきた。王国の騎士たちよりも活躍はしてきたはずだ。特に今回の休戦協定では、一番の功を上げている。それなのに一体なぜ国王はオレを粛清するのであろうか？

「それが問題なのだ、オードル！　お前は下賤な身分の傭兵のクセに、武功を上げすぎてきた！

停戦協定を結んだ今、お前のような存在は、むしろ邪魔なのだ！」

ふむ、そういうことか。今回の事件の背景が読めてきた。

どうやらオレは頑張りすぎたようである。

数々の戦で常に一番の働きをして、騎士を超える名誉を手にしていた。敵味方から〝戦鬼〟と恐れ呼ばれるほどに。

だから平和になった今、傭兵であるオレが邪魔になったのであろう。

「オードル！　お前だけは生かしておく訳にいかない！　オレたち騎士の誇りを、何度も傷つけてきた、下賤なお前だけは！」

やれやれ。騎士のプライドというものは、ここまで安いものなのであろうか。

だがオレのことを妬《ねた》んでいる者は、この男以外にも多いはずだ。特に騎士階級の連中は、オレのことを毛嫌いしていたからな。

（ふう……まったく女々しい連中だな）

尽くしてきた国から、暗殺者を向けられてしまった。

怒りや悲しみはない。むしろ虚《むな》しさばかりが、込み上げていた。

（残念だが、これも傭兵の悲しいサガか……）

傭兵であるオレは、国に対して忠誠心は特にない。

だが自分なりに、この王国のために尽くしてきたつもりだ。この五年間の戦いは、いったい何だったのだろうか？

虚しさが心にしみてきた。

「まあ、理由は分かった。ところで聞くが、そんな誇りある騎士様が火をつけて、野蛮な夜襲をするのか？　しかも大人数で囲んで、オレを殺すつもりなのか？」

聞きたいことは判明した。あとは適当に会話で、時間を稼ぐこととしよう。

「うるさい！　これは暗殺ではない！　聖なる粛清である！　害をなす戦鬼に、陛下の名の下《もと》に聖なる鉄槌《てっつい》を下すのだ！」

随分とペラペラしゃべってくれる男だ。

「さすがの戦鬼も多勢に無勢、諦めた方がいいぞ！　お前の部下の助けも、今宵は間に合わない！　それに自慢の愛剣も、今は鍛冶屋にあるのだろう？　バカなやつめ！　はっはっは……！」

指揮官は、勝利を確信していた。

ペラペラとしゃべるバカだが、暗殺に関しては無能ではないのであろう。

その証拠に今回の夜襲では、万全を期している。

（たしかにこいつが言うように、傭兵団の連中が近くにいないのは、痛いな……）

オレには三千人の〝オードル傭兵団〟の部下がいる。だが今日は停戦協定のパーティーがあったため、王都にはいない。

それにオレの愛剣は鍛冶屋に直しに出して、手元にない。

「はっはっは……観念しろ、オードル！」

更に百人規模の集団に、屋敷は取り囲まれている。たった一人を暗殺するには、用意周到すぎる準備だ。

だからこそ指揮官は絶対に失敗しないという自信でペラペラしゃべってきたのだろう。

（さて、どうしたものか……）

そろそろ火が寝室の周辺にまで回ってきた。

包囲している暗殺集団を、皆殺しにするのは不可能ではない。

愛剣がなくとも、素手《すで》で二十人は軽くひねり殺せる。その後は相手の武器を奪って、残り全員を返り討ちにすることはできる。

（だがな……）

戦場で恐れられている〝戦鬼〟の名は伊達《だて》ではないのだ。

返り討ちにした先に、何が待っているか？

答えは簡単だ。

恐らく国王からの第二、第三の暗殺者が、すぐに差し向けられるであろう。

今度はオレだけではなく、部下のオードル傭兵団にも。

（なにしろアイツ等《ら》は、まだまだ半人前だからな……）

オレは暗殺者など何百人来ても、構わない。

だが部下の連中は違う。長らく抵抗を続けていれば、国王から大軍を向けられて、部下はいつか全滅してしまうであろう。

（ふう……そろそろ潮時だった、ということか）

幼い頃から剣を握って、各地で傭兵として武功を上げて二十数年。

ついに終わりの日が来たのであろう。

「では、そろそろ終わりにさせてもらうぞ」

考えた末に、オレは覚悟を決めた。

炎で崩れ始めた屋敷の奥に向かって、進んでいく。

服に火が移ってきた。だが構わずに、炎の最深部へ向かって歩いていく。

「なっ!?　なっ!?　気でもおかしくなったのか、オードル!?」

相手の指揮官は、オレの奇行に驚いていた。先ほどまで冷静だった暗殺者たちも、声を上げて動揺している。

まさか名高い戦鬼が自ら死を選ぶとは、相手も予想もしていなかったのであろう。

「じゃあな。この世には愛想が尽きた。業火《ごうか》に焼かれて、先に地獄で待っているぞ！」

連中にはわき目もふらず、オレは業火の中に飛び込んで行く。

直後。燃えている巨大な柱が、頭上へ降ってきた。


こうして戦鬼と呼ばれた男は、大陸から消えるのであった。

第一章

王都での火事から一夜が明ける。

「さてと。これからどうしたものかな？」

オレは王都から離れた、小さな宿場町にいた。

「転ばぬ先の杖……とは、このことだったな」

オレは万が一に備えて、屋敷に脱出経路を用意しておいた。だからこうして生き延びていた。傭兵たるもの自分の命に関しての備えは必須なのだ。

昨日は夜中のうちに、この宿場町まで、徒歩で移動してきた。

「おや？　昨夜の王都のことは、だいぶ噂になっているようだな？」

宿場町の広場をぶらつきながら、密かに情報収集を行う。

〝戦鬼オードル焼死〟の噂は、広場にいた交易商人によって流されていたのだ。

（この噂を流したのも、おそらく首謀者の連中だな）

情報操作というやつである。火事で死んだことを先に流して、真相を葬り去る。

敵ながら、なかなかの手際の良さだ。

（オレとしても、これは有りがたいな）

こう見えてもオレは有名人。死んだと噂されているのなら、正体がバレる心配がなくなる。

だが念のため、今は変装をしていた。

トレードマークの髭《ひげ》を全て剃《そ》って、フードも深く被《かぶ》っている。服装も旅人風で、我ながら完璧な変装である。

戦鬼と呼ばれていた英雄が、小汚い旅人の恰好をしているとは、誰も予想もしていないであろう。

（それにオレの顔を、市民は知らないからな）

凱旋時には兜《かぶと》を深く被っていた。だから今も誰も気が付いていていない。

「さてと。これからどうしたものか？」

自分の変装ぶりを確認したところで、もう一度つぶやく。

状況的に、今さら王都には戻れない。

（では他国で傭兵として志願するか？）

いや、それも愚策。何しろ今は停戦協定が結ばれた平和な時代。

死んだはずの傭兵を、雇ってくれる国は少ないであろう。

これから武の力は無用となる時代。内政を司る文官や、商人たちの時代になるはずだ。

剣を振るうしか能のない傭兵の時代は、もう終わりなのだ。

「久しぶりに、村へ帰るとするか……」

行く先が決まった。足の向かう方向を、北に向ける。

孤児であるオレにも、故郷と呼べる村が北方にある。辺境の貧しい村だが、数年に一度は帰るようにしていた。

「村で畑でも耕しながら、のんびり暮らすか」

幸いにもある程度の生活費は持っている。

昨夜の火事のどさくさに紛れて、宝石や金貨の類《たぐい》を持ち出していたのだ。

傭兵にとって、金は大事な生命線。これさえあればどんな土地でも、しぶとく生きていける。

「さて行くとするか。それにしても背中がスースーするな？　まあ、じき慣れるだろう」

いつも背中に差していた愛剣は、王都の鍛冶屋に置いてきたまま。

まあ、どうせオレ以外には扱えない代物。問題はない。

それ以外の武器と防具は、火事で全て燃えてしまった。

戦鬼オードルが焼死した証《あかし》として、今ごろ国王の目に留まっているであろう。

「こうして武具を持たないのは、久しぶりだな？」

今持っている武具は、生活用のナイフだけ。果物とかを剝《む》く小さなヤツだ。だが不安はない。

「これからのんびりと、いくとするか」

全てを捨てて生きていく自分には、お似合いの相棒である。

「さて、五年ぶりの故郷か。どうなっているかな？」

こうして生まれ故郷へ向けて旅立つのだった。

◇◇◇

宿場町を出発してから、一週間ほど経つ。

故郷へ向けて順調に進んでいた。あと少しで故郷の景色が見えてくる距離まで、近づいてきたのだ。

「久しぶりの徒歩での旅だが、悪くはないな」

ここまで定期便の馬車を使わずに、ひたすら歩いてきた。

馬車を使わないのは、一応の用心のため。何しろ今のオレは、死んだことになっているのだ。

「それに闘気術《とうきじゅつ》を使って駆けた方が、馬車よりも速く走ることができるからな」

〝闘気術〟……これは大陸で使われている、戦闘術の一つだ。

街道を移動しながら、改めて闘気術について整理していく。

これは体内にある生命の源の〝気〟を糧とする、身体能力を向上させることが出来る技だ。

その向上効果は多岐にわたる。筋力増加、俊敏性向上、耐久力アップ、五感向上、回復力増大など。

簡単に説明すると、闘気を練り上げることにより、通常以上の力を出すことが出来るのだ。

「まあ、〝火事場クソ力〟と呼んでいる連中も多いがな」

一般人でも多少の闘気を、体内に持っている。訓練しなくても、限定的であれば出すことは可能。

だが戦場において、闘気術は重要なスキルとなる。

腕利きの騎士や傭兵になると、専門的な闘気術の鍛錬が必須なのだ。

「だが最近では闘気術自体が、軽んじられている傾向もあるがな……」

闘気術の会得とレベルアップには、尋常ならざる鍛錬が必要となる。しかも鍛錬方法には地味なものが多い。

そのため近年では若い騎士などを中心に、闘気術に頼らない戦い方をする者も多い。

近年は金属鎧の性能が格段と向上。また併せて武器の威力の進化も著しい。これらの強力な武具で戦闘力を強化していくのが、最近の流行りである。

つまり時間のかかる闘気術を会得させなくても、戦力を増強できるのだ。

「これも時代の流れ、というやつか？　悲しいことだな」

本当に強くなる為には、武具に頼ってばかりではダメだ。これは傭兵として数々の戦場で生き延びてきた、オレの信条。

本当の戦いとは闘気術を鍛えて、武技も同時に磨いていく。そうしなければ戦場で生き延びることは出来ない。

「まあ、今のオレにはもう関係ないことだがな」

街道を駆けながら、自虐的に笑う。

何故なら武人としての〝鬼神オードル〟は、一週間以上前に死んだことになっている。

これから自分を待っているのは、故郷での平凡な暮らし。畑いじりに、戦場の技は必要ないのだ。


「ん？　なんだ、あれは？」

街道を進んでいた、そんな時である。

場所的に故郷の村まで、あと少しのところ。進路上で〝何か〟を察知した。

すぐさま闘気術で視力を向上させて、前方を確認する。

「あれは子どもか？　子どもが狼の群れに襲われているのか？」

危険な状況だ。幼い子が数頭の狼に、取り囲まれている。

「村の子どもか？　大人たちは何をしているんだ!?」

場所的に故郷の村の子どもであろうか？　だが周りに大人の姿はない。たった一人で狼に囲まれている。

ということは迷い子か？　どちらにしろ危険な状況だった。

「ちっ。仕方がない！」

考えるよりも身体が先に動いていた。

身を低くして、足元にあった石を数個拾う。同時に腰布を手に持ち、石を絡める。

(投石か。久しぶりだが、やるしかないな！)

これは簡易的な投擲器《とうてきき》。遠心力を使って、遠方に攻撃する武器である。

よし……攻撃の準備はできた。

狙うは狼の集団。その中でも一番大きい個体だ。その脳天に投石を食らわせてやる。

「はっ！」

〝パン！〟

オレが投石した次の瞬間。前方で狼の頭が吹き飛ぶ。石が見事に命中したのだ。

よし、いいぞ。投石の腕は鈍っていなかったな。では、どんどんいくぞ。

オレは第二、第三の投石を行う。

「よっ！」

〝パン！　パン！〟

全弾命中。二体の狼が頭を吹き飛ばされて、即死する。

「久しぶりだったが、まあまあの命中率だな」

これは闘気術を使った技の一つ。技と言っても身体能力を向上させて、石を投げただけである。

だがオレは怪力無双と呼ばれる力自慢。その地力に闘気を加えたら、壁すらも貫通する破壊力を生み出すのだ。

さて、残りの狼も狙うとするか。その前に殺気を少しだけ出して、狼たちを威嚇する。

『キャン、キャン、キャィーン！』

残った狼は逃げ去っていく。危険を察知して一心不乱に散っていく。

オレの殺気を受けて、負けを悟ったのだろう。さすが野生の獣はいい判断をする。愚かな人間よりも、よっぽどいい判断力を持っている。

「さて。あとは大丈夫そうだな」

周囲に他に危険な気配はない。襲われていた子どもの安全確認に向かうとするか。

「そういえば……少しやりすぎたかもしれんな？」

子どもの精神状態が心配になる。何しろ目の前で獣の頭が、いきなり吹き飛んだのだ。

幼い子どもが見たら、トラウマになっている可能性もある。緊急事態とはいえ、少しやり過ぎたのかもしれない。

「ふう……どうやら、大丈夫そうだな？」

幼子の前までやってきて、安否を確認して一安心する。

助けた子どもは、特に錯乱した様子もない。むしろ落ち着いた様子である。

（ん？　女の子か？）

間近で見て、性別が判明した。

助けたのは女の子であった。銀髪のキレイな髪で、スカートをはいている。

歳は四、五歳くらいであろうか。かなり容姿の整った幼女である。

「おなじかみの色？　おーどる？」

（なっ!?）

いきなり幼女に名前を呼ばれた。動揺して声を出しそうになるのを抑える。

（なぜオレの名を!?）

知らない子だ。前に村に帰った五年前には、いなかった子である。

だが、なぜこの子は、オレのことを知っているのだ？　髭も剃り、髪の毛も切った、この完璧な変装を見破ったというのか？

「オードル、パパだ！」

「なっ……パパだと!?」

今度は声を抑えることが出来なかった。思わず声を上げて驚く。

「このオレがパパ……だと？」

「パパ、やっと、あえたね！」

こうして故郷に戻ったオレは、知らない幼女に『パパ』と呼ばれるのであった。

◇　◇　◇

幼女を助けてから、そのまま故郷の村の中へ進んでいく。

「これはどういうことだ、村長!?」

真っ先に向かったのは村長の家。自分のことを『パパ』と呼ぶ幼女を一緒に連れて、事情を聞きにきたのだ。

「おお、その声はオードルか？　随分と風貌が変わったのう？　それにしても久しぶりじゃのう」

「ああ、久しぶりだな、ジイさん……いや、そうじゃない。この子供《ガキ》は、誰の子だ？」

ジイさんは村長の愛称。六十歳を過ぎた年長者に、オレは思わず詰め寄る。

オレのことを「パパ」と呼ばせた。これは何かの冗談か、悪戯《いたずら》かと尋ねる。

「はて、オードル？　何のことじゃ？　その子は村の子じゃないぞ？」

村長は幼女のことを知らなかった。

この村には三百人ちょっとしか住んでいない。その中で子どもは数十人。村人の全員の顔と名前を、村長は覚えている。間違えるはずがないという。

「それじゃ、この子供《ガキ》は、村の子どもじゃないのか？」

冷静に考えたら、村ぐるみの悪戯のはずがない。

何しろオレが五年ぶりに帰郷したのは、偶然のこと。事前に察知して、この幼女を用意しておくことは不可能に近い。

「それなら、ジイさん。こいつは近隣の村から、村に迷い込んできた子か？」

「一番近い村でも、大人の足で二日かかるぞ、オードル？」

「ああ、そうだったな」

獣が多い近隣の山を、幼子が一人で越えてくるのは不可能。つまり迷い子の可能性も消えた。

それならこの幼女は、いったい誰の子なんだ？　どこから迷い込んできたのだ？

謎がますます深まる。

「あと、オードルよ。子どもはそのように〝猫を持つ〟ように、摑《つか》むものではないぞ？」

「ん？　違うのか、ジイさん？」

狼から助けた幼女のことを、オレはここまで〝首根っこ〟を摑んで運んできた。

もちろん窒息死しないように、服を上手く摑んでいる。オレは人体の急所には詳しく、その辺は抜かりない。

子どもはどうやって抱くのが、普通なのであろうか？　オレに兄弟姉妹はいないし、幼い頃から

戦闘訓練ばかりしてきてその辺のことは謎である。

「とりあえず、その子を降ろして、直接話を聞いてみたらどうじゃ？」

「そうだな、ジイさん。それが手っ取り早いな」

子どもに直接聞く。できれば取りたくなかった手段である。

だが、こうなったら仕方がない。オレは幼女を床に降ろして、ひと呼吸おいて尋ねる。

「お前、名はなんだ？　どこから来た？　誰の子だ？　どうやって来た？」

なるべく声を抑えて、優しい言葉で幼女に質問する。

「オギャー！　オギャー！」

「うわーん！　怖いよー！」

だがダメだった。隣の部屋にいた村長の孫たちが、一斉に泣き出す。このくらいなら大丈夫な声量かと思ったが、オレの剛声を聴いて、怖くなって泣き出したようだ。

（ちっ、これだから子供《ガキ》は困る……）

戦鬼と呼ばれたオレの声量は半端ない。

覇気をのせて全力で発声したものなら、ガラスすら破壊する威力がある。戦場で敵軍に聞かせれば、それだけで士気を崩壊させる効果もあるのだ。

覇気を抑えて発声しても、こうして質問形式で聞くと、子どもは全員泣き出してしまうのだ。

（ちっ。だから子供《ガキ》が苦手なんだ……）

正直なところ子どもが苦手だ。

どんなに優しい顔をして、優しい言葉をかけても、オレの前に立つ子どもは、全員泣いてしまうから。

「名まえ、マリア！　五さい！　パパは、オードルだよ！」

驚いたことが起きていた。

幼女は泣き叫んでいなかった。むしろ笑顔で答えてくる。家の中にいた子どもの中で、一人だけ平常心を保っていたのだ。

「お、お前……オレの声と顔が怖くないのか……？」

まさか、オレを怖がらないとは。この反応が信じられなかった。

今までオレの声をこの距離で向けられて、泣き出さなかった子どもは一人もいない。だが幼女は何でもないように、ケロリとした表情をしている。

「パパのこえ、大きいの、ママから聞いてた。だからマリア、だいじょうぶなの！　パパのこえ、やさしい！　かおも好き！」

なんと、そんなものなのか？

いや……そんなはずはない。

現に村長の孫どもは、未だにオレの声に慣れていない。戦鬼の強面《こわもて》と剛声は、そういうレベルではないのだ。

いや、待て？

今なんて言った？

「ママだと？　お前の母親は誰だ？　名は？　今どこにいる？」

少女の言葉の中に、〝ママ〟という単語が出てきた。当たり前だが、子どもは一人ではできない。男女の関係があって初めて誕生するのだ。その位は傭兵のオレでも知っている。

こいつを置いていった、母親の居場所を尋ねなければ。

「ママはママだよ。ママ、今は……いそがしくて、どこかにいったよ。だからマリア、パパの村においてかれたの！」

ママはママだと？　話がまるで通じてないらしい。

それに母親は忙しくて、どこかに去っただと？

こいつは嘘を言っているのか？　思わず冷静さを失う。

「オードル、その子の話は真実のように聞こえるぞ。おそらく母親の名前を知らないのであろう。事情があって子を、父親のいる村の前に置いていったんじゃろう」

「なんだと、ジイさん？　そうか……それも一理あるな」

さすがは年の功の村長である。冷静さを失っていたオレよりも、論理的な推測を出してきた。

なるほど。それなら納得がいく。つまり捨て子という訳か。

「だが村長。オレに娘などいないぞ？」

残念ながら村長の推測には、一つだけ致命的な穴がある。

それは『独身のオレには妻はいなくて、五歳の女の子どももいない』ということだ。

王都の屋敷にも、一人で住んでいた。だからオレには娘どころか子どもはいないのだ。

「だがオードルよ。オヌシも男じゃ。女を抱いたことはあるんじゃろ?」

「そうだな、オレも男だからな」

傭兵稼業に女は付き物であった。戦の後に女を抱くのだ。

部下たちの中には稼いだ金を、懇意にする娼婦に貢いでいた者も多い。

そしてオレも血気盛んな男。大きな戦いの後だけに限定して、高ぶった魂を抑えるために女を抱いていた。

まあ、自分の場合はプロの娼婦は少ない。その街の酒場で意気投合した女が多かった。

何しろ戦鬼の名は伊達ではない。向こうから言いよって来る町娘も少なくはなく、相手に不自由したことはない。

おっと、話がそれてしまった。

村長に聞き返さないと。娘がいることと、女を抱いた経験は、どういう関係があるのだ?

「まさか、オードル……オヌシ、知らんかったのか? 男に抱かれれば、女は腹に子を成すこともあるんじゃぞ?」

「なんだと、ジイさん!? だが抱いた翌朝に、腹が大きくなった女はいなかったぞ?」

オレとて子供《ガキ》ではない。腹が大きくなった大人の女だけが、子どもを産む……その位の常識は知っている。

だからオレには娘などいないと、先ほどから断定していたのだ。

「相変わらず、女子《おなご》のことに関しては、鈍いというか、無垢というか……知らんのか、オードル?

子は十月十日かけて、母親の腹の中で、ゆっくり成長していくのだぞ？」

「なん……だと……？」

村長の口から出たのは、衝撃的な事実だった。今までの人生の中で、最上位に入るほどの衝撃だ。

なんと、そんな風に子は生まれるのか？

戦場でばかり剣を振っていた人生で、これ以上にないくらいに衝撃的な事実だった。オレもまだまだ修業不足だったということか。

「だが、ジイさん、この幼女がオレの実の子である証拠は、どこにもないぞ!?」

子ども詐欺の可能性が頭をよぎる。

実際、王都の貴族の中では『実の子を名乗る詐欺』が後を絶たない。金目的の詐欺行為なのだが、証拠を見つけて確定するまで、かなり難儀する問題だ。

今回の場合も、この幼女が一方的に『パパ！』と言っているだけ。オレの子である証拠はどこにもないのだ。

「この子の髪の色は、お前さんと同じ〝銀艶色《シルバー・シルク》〟じゃぞ」

「あっ……そうか」

決定的な証拠があった。

オレの髪の毛の色は銀艶色《シルバー・シルク》。銀髪に虹色の光沢が浮かび上がる色だ。

大陸でも特殊な髪の毛で、今まで同じ色の髪の奴は、一人も見たこともない。

だが恐らく血のつながった家族だけは、同じ髪の毛の色なのであろう。目の前で大人しくしている幼女は、オレと同じ髪の毛の色をしている。

つまりそれこそが実の娘である、確たる証拠なのだ。

（なんだと……このオレに……子どもがいただと……）

その事実に、目の前が真っ白になる。想定もしていなかったことに、思考が追いつかない。

「マリアのかみ、パパとおそろい！　うれしい！」

そんなオレの悲痛な心中も知らず、幼女は無邪気に笑っていた。嬉しそうな笑顔で、自分の髪の毛を見せてくる。

「これからどうするのじゃ、オードル？　その子を我が家で育ててやることも出来るぞ？」

妻や女衆がいない家の幼児を、この村では全員で育てる習慣がある。男一人のオレのことを心配して、村長は親切心で提案してきたのだろう。

「この子供《ガキ》は、たぶんオレの子どもだろう。だからオレが責任をもって育てる」

村長の提案を断る。

何故ならオレは戦鬼オードル。部下たちには、いつも言い聞かせていた。

『好きな女と家族のために、戦士は男として責任は必ずとれ！』と。

その言葉を団長だった自分が、破る訳にいかない。これは男としての意地……自分自身の存在意義なのだ。母親が見つかるまでは、育ててやるしかない。

「まあ、オヌシなら、そう言うと思ったぞ。これから困ったことがあれば、いつでもワシに相談しろ」

「ああ、そうする、ジイさん……」

五歳の女の子の育て方など、傭兵団でも習ったことがない。分からないことばかりである。

だが今は、とにかく落ち着く場所に移動したい。幸い村にもオレの家がある。

そこに移動して、今後の生活について考えていこう。

「じゃあ、いくぞ、お前」

「マリアの名まえは、マリアだよ？　〝おまえ〟じゃないよ、パパ？」

くっ……そんな真っ直ぐな瞳で、見つめてくるな。お前と呼んで悪かった。

「じゃあ、いくぞ……マリア」

「うん、わかった、パパ！　手をつないでちょうだい？」

「ああ。勝手にしろ。くそっ……」

こうして戦場では敵味方から恐れられていた男、戦鬼オードルは幼い娘と暮らすことになったのだ。

◇◇◇

「ここが家だ」

村外れにある自分の家に到着した。

一階建ての平屋で、木造の小さな建物。空き家だったものを、十年前にオレが買い取った。

「ふう。相変わらずホコリが溜まっているな」

ここに帰宅したのは実に五年ぶり。孤児のオレには同居していた家族はいない。

まずは家の中の掃除をしないとな。

「すごい！　ちゃんとした、お家にすむの、マリアはじめて！」

家の中に入って、マリアはかなり興奮していた。子どもだから何でも喜ぶのであろう。

だが『家に住むのが初めて』とは、どういう意味であろうか？

「うーん？　よく分からないけど、ママのお家はヘンだったの！」

変な家に住んでいた？

こいつの母親は一体、なんの仕事をしているのであろう。

「お家うれしいな～♪」

マリアは嬉しそうに家の中を走り回っている。

もしかしたら無邪気そうに見えて、今まで不幸な人生を送ってきたのかもしれない。過去と母親のことは、あまり聞かないでやろう。

「とにかくお前の母親が見つかるまでは、ここにしばらく住むことになる。覚悟しておけ」

辺境の村では、幼子も貴重な労働力。マリアにもちゃんと働いてもらうつもりだ。

だが五歳の女の子には、どんな仕事が適しているのだろうか？

今まで女の子を使役したことがないオレは、思わず考えてしまう。

「うん！　マリア、がんばって、はたらく！　パパをてつだう！」

何の仕事をさせればいいのか？　考えこんでいたオレを横目に、マリアがさっそく働きだす。

「パパ、おそうじの水、どこ？」

「掃除の水だと？　それなら裏の小川の水を使う。運んでくる桶は、そこの……」

「わかった、パパ！」

驚いた。五歳児はこんなにテキパキと、働きだすものなのか？　言葉はまだ舌足らずだが、マリアはちゃんと考えながら動いている。ホコリだらけの家の中を、掃除しようとしていたのだ。

「じゃあ、水くみに、いってくるね、パパ！」

唖然としていたオレを置いて、マリアは水汲みに出発する。家の中を掃除するために、頑張るつもりなのであろう。

「おい、ちょっと待て！　裏の小川は苔《こけ》が多くて、足を滑らせやすいぞ……」

そう言って止める間もなく、マリアは飛び出していった。

いや、裏の小川は本当に滑りやすいんだぞ？　万が一転んで、怪我でもしたら大変だ。

もしも顔でも怪我したら……想像してオレは青くなる。

「クソッ！」

慌てて後を追いかける。マリアはどこだ？

もう、あんな所まで走っているのか。早く追いつかなければ、間に合わないぞ。

「まったく、これからどうなることやら……」

マリアを追いかけながら、思わずため息がこぼれる。

未知の生物である五歳の幼女との共同生活。こうして娘マリアとの暮らしは、本格的にスタートするのであった。

第二章

マリア……娘と一緒に暮らし始めて、一週間が経つ。

慣れない五歳の幼女との暮らしは、もっとドタバタすると思っていた。

だが今のところ生活は案外、順調な日々であった。

「パパ、おつかいに、いってきます！」

朝ご飯の時間が終わり、マリアは家を出発する準備をする。

村の中の商店に、お使いに行くため。これはマリアの毎朝の仕事である。

「マリア、商店の途中の坂は転びやすい。ちゃんと気をつけていくんだぞ」

「うん、わかった、パパ！　いってきます！」

満面の笑みで返事をして、マリアは元気よく出発する。

（『マリア』という呼び方も、だいぶ慣れてきたな……）

最初の数日、オレはちゃんと呼ぶことが出来なった。不慣れと恥ずかしさのため。だが今では自然と呼べるようになった。

（そういえば昨夜の雨で、坂道は転びやすくなっていた。大丈夫だろうか？）

マリアのことを考えたら、急に不安になってきた。やはりオレが直接、行った方が良かったのでは？　自分の足の速さならば、商店までは数十秒で着く距離。わざわざ幼子に行かせる意味はあったのか？

（いや、我慢だ。マリアを村に慣れさせるためには、ある程度の放任も必要だ）

可愛い子には旅をさせよ……そんな古人の言葉に倣って、オレはお使いを頼んだのだ。それを止める訳にはいかない。

「……だが、やっぱり、心配だな。仕方ない、見に行くとするか」

しばらくして決断する。手を出さなければ、いいであろう。

オレは隠密術で気配を消して、マリアを尾行するのであった。

隠密術……これは傭兵時代に習得した技の一つ。

自分の気配を消し、周囲の人間の視線から逃れる技。戦場では主に偵察任務で使っていた。

この技を使ったオレを、一般市民が発見することは不可能である。

（おっ……いたな。無事に商店に到着していたようだな……）

マリアに追いついた。どうやら無事だったようだ。

道に迷うこともなく。坂で転ぶこともなく、商店に到着していた。

（ふう……心配しすぎだったのかもしれないな……）

遠目に確認しながら、思わず安堵《あんど》の息をつく。

オレが書いたメモ用紙を、マリアは商店の娘に手渡していた。完璧なお使いを遂行しているのだ。

（あの歳で、たいしたものだな……）

一般的な五歳児が、どの程度のレベルか知らない。だが、こうして見ていると、マリアはしっかり者のような気がする。

もしかしたらマリアは〝天才〟という可能性もあるかもしれない。いつか王都に行った時でも、偉い学者に聞いてみるのもいいかも。

いや……オレの先走りすぎかもしれないな。


「あっ、マリアちゃんだ！」

「マリアちゃん、おはよう！」

そんな時である。

商店の前でマリアが、数人の子どもたちに挨拶されていた。

あれは村の子どもたち。マリアと同い年くらいの、女の子の集団である。

「あっ！　みんな、おはよう！」

古参の女の子集団に対して、マリアはちゃんと挨拶をしていた。

村という狭い集団生活の中では、コミュニケーションは重要。

しかし、ちゃんと新参者のマリアは物おじせずに溶け込んでいた。

よし……ちゃんと挨拶ができて、えらいぞ。さすがだ。

「ねぇ。マリアちゃん、後で一緒に遊ぼうよ！」

「一緒に、お花遊びしようよ！」

子どもたちがマリアのことを、遊びに誘ってきた。村のお花畑は、女の子たちの人気スポットである。

「お花あそび？　たのしそう！」

誘いの言葉に、マリアは目を輝かせていた。小さな女の子は花で遊ぶことに、興味を惹かれるであろう。本当に嬉しそうにしていた。

「あっ……でも、マリアまだ、おしごとが、あったんだ。お洋服をぬう、おしごとしないと……」

それはオレが今朝、マリアに頼んでいた仕事。破れた服の簡単な裁縫を頼んでいたのである。

「ごめんね、みんな……」

友だちとお花遊びが出来なくなってしまった。マリアは急に暗い顔になる。

（これはマズイぞ……）

隠れて見ていたオレは気まずくなる。まさか自分のせいで、マリアにあんな顔をさせてしまうとは。

くそっ。こんな時はどうすればいいのか？　どうすればマリアが笑顔を取り戻すであろう？

（裁縫の仕事か……あっ、そうだ！）

マリアの笑顔が見られないという絶望の淵だったが、いいアイデアが浮かんできた。

よし、このアイデアなら大丈夫。名付けて〝マリア笑顔奪還作戦〟だ。

傭兵団長であったオレは部下を率いて、多くの軍略を練っていた。その作戦立案の経験が、ここで生きたのだ。

（マリアが動き出したな。よし。先回りして、急がねば！）

隠密術を駆使したまま家にダッシュで帰宅。部屋の中の棚の戸を開ける。

「あった。よし、これだな」

穴の空いた服を、棚の中から取りだす。これはマリアに裁縫を頼んでいた服。裁縫道具も用意して、オレはテーブルの席に着く。

「ふう……」

静かに深く深呼吸して、気を整える。手元の裁縫道具に、全身の神経を集中させる。

「さて、いくぞ！」

気合の掛け声と共に、裁縫針を高速で動かす。穴の空いていた服を、針と糸で縫っていく。

「よし、あと少しだ！」

気合の声を上げながら、更に手元に集中して裁縫をしていく。その手元の動きは、普通の者には見ることとさえ出来ない高速。

「よし、こんなもんか？」

作戦は完了した。

先ほどまで空いていた大きな穴は、一瞬で修復されていた。オレが一瞬で縫ったのだ。

「久しぶりだったが、まずまずのデキだな？」

これは闘気術を応用した裁縫である。集中力を極限まで高めることにより、細かい作業を短時間で行うのだ。

ちなみに裁縫の術は、傭兵時代に習得していた。

何しろ傭兵は戦の度に、服や革鎧《かわよろい》が破れてしまう。自分で裁縫が出来ないと、一流の傭兵とは言えないのだ。


「パパ、ただいま！　ちゃんと、お使いできたよ！」

その直後。ナイスタイミングでマリアが帰ってきた。笑顔でお使いの報告をしてくる。

だが、オレは知っている。そんなマリアの笑顔が、少しだけ曇っていたことを。

お花遊びを出来ない悲しみを、笑顔で無理に隠しているのだ。

「パパ、つぎは、おさいほうの、お仕事するね！」

そんな悲しみを一切見せないように、マリアは笑顔で次の仕事に移る。穴の空いていた服を探し始める。

「あれれ？　およう服、なおってる？」

服を見つけて、マリアは小さな首を傾げる。何故なら、つい先ほどまで大きな穴が空いていたのに、今は穴がどこにも無いのだ。

「どうして……？」

こんな不思議なことが、世の中にあるのであろうか。まるで妖精に騙《だま》されたように、マリアは驚いている。

「服の穴は、どうやらオレの勘違いだったようだ、マリア。だから裁縫の仕事は無い。代わりのマリアの仕事だが……」

この村では子どもも重要な労働力。代わりの仕事をなにか言いつけないと。

「そうだ、マリア。家の中が殺風景なんで、花を摘んで飾っておいてくれ。それで今日のマリアの仕事は終わりだ」

とっさに考えた台詞を口にする。これはもちろん嘘の話。

我ながら感心する演技力で、王家のお抱え演劇人も真っ青であろう。

(花遊びをしたら、花を持って帰ることも出来るからな……)

この作戦なら気が付かれることはない。マリアに仕事をしてもらいつつ、花遊びも楽しんでもらえる。

まさに戦鬼オードルの一石二鳥な名演技だ。

「パパ……ありがとう！　うん！　マリア、きれいなお花たくさん、さがしてくるね！」

友だちと花遊びが出来る！　マリアは満面の笑みで喜んでいた。

(いい笑顔だ。演技をした甲斐《かい》があるもんだな……)

マリアの嬉しそうな顔を見て、思わず心が緩んでしまう。

「さて、オレの方は村長の家に行ってくる」

村長に呼ばれていた。何か仕事を頼みたい感じだった。小さな村は互いに助け合う必要があるのだ。

「オレが遅くなったら、近所の家の連中を頼れ、マリア」

もしかしたら大きな仕事を頼まれるかもしれない。万が一のためにマリアに指示を出しておく。

オレから事前に話は通してある。そう伝えておく。

「うん、わかった！　パパ、いってらっしゃい！」

仕事に向かうオレを、マリアは満面の笑みで送り出してくれる。

（『いってらっしゃい』……か）

その言葉に、どう返していいか言葉につまる。

今までの傭兵稼業は、本当に孤独な人生だった。昨日までいた仲間は、今日には還《かえ》らぬ時も多々あった。

誰かにこうして笑顔で送り出されるのは、初めての経験。なんと返事していいのか分からないのだ。

「ああ……いってくる、マリア」

自然とその言葉が出てきた。正解なのか分からない、初めての言葉。

「うん。パパ、気をつけてね！」

どうやら正解だったらしい。そして同時に胸がポカポカしていた。

（家族に見送られるか……こういうのも悪くないな）

こうして初めての感情を抱きながら、オレは家を出発するのであった。

「北の森にいる狼の群れを、退治して欲しいだと、ジイさん？」

頼まれたのは狼の退治。村の近くの森に最近出没しており、目撃者が増えてきているという。

「ああ。そうじゃ、オードル。このままだと被害が出るかもしれん。引き受けてくれんか？」

狼の群れは厄介である。奴らは集団行動する上に、頭もいい。最初はか弱い家畜を襲ってくるが、そのうちエスカレートしてくるのだ。

だが普通の村人のオレに、なぜ頼んでくるのだ？

「狩人のサムの奴はどうした、ジイさん？」

「サムの奴は、先日の狩りで足を怪我していた。だから今の村では、お前くらいしか頼めないのじゃ」

なるほど、そういうことか。

オレが〝戦鬼〟と呼ばれる傭兵であることを、村長たちは知らない。だが体格のいいオレは、村の中でも一番腕っぷしが強い。それに子どもの頃から、狼や獣退治をしてきた経験もある。

だから村長も頼ってきたのであろう。

「ああ、いいぞ。ジイさん」

オレは即答で引き受ける。

何しろ狼の群れは厄介。家畜の次は、村人に被害が出る。そして人の中で最初に狙われるのは、か弱い子どもたちなのだ。

マリアを守る。その想いで引き受けたのだ。

「おお、感謝するぞ、オードル！　狼の数は多い。他に男衆もつけよう」

「いや、ジイさん。無用だ。オレ一人でいい」

村長の提案を断る。村の中には、弓矢が使える男衆もいる。

だが彼らは所詮は一般人。オレの動きには、付いてこられないのだ。

「じゃあ、行ってくる。マリアのことを頼んだぞ、ジイさん」

「ああ、任せておけ。気をつけてな、オードル」

村長に弓矢一式を借りていく。狩りは何日かかるか分からない。その間のマリアの世話を頼んでおく。これで狩りに専念できる。

（さて。さっさと片付けて、家に戻るとするか）

普通の狼が相手なら、楽な仕事である。

村を悩ませている狼狩りに、オレは向かうのであった。

◇◇◇

狼を探すため、村の北にある森の中へ入っていく。

「この辺か……？」

気配を消しながら、獣道を進んでいく。村人の目撃情報から、狼の群れの居場所は予測していた。

あとは森の中に残っていた、狼の足跡をつけていく。闘気術で五感を強化したので、簡単な作業である。

（獣の探索か……懐かしいな）

この森は幼い時に、何度も入ったことがある。大人の狩人の手伝いをしていたのだ。

孤児だったオレは、何でも仕事をしないと生き残れなかった。だから近隣の森は庭のように熟知していた。

（ん？　あれか？）

森の中をしばらく移動した所で、狼の群れを発見する。かなり遠い距離だが目視で確認した。

（よし、いくか……）

相手に気がつかれないように、風下から接近していく。こちらの気配は完全に消しているので、狼に気がつかれる心配はない。

（おや？　随分と群れの数が多いな？）

接近して気がつく。確認できただけでも、狼は三十頭以上いたのだ。

この地域の狼の種としては、かなり多い群れの数。何か理由でもあるのだろうか？

（まあ、いい。さっさと終わらせるか）

この程度の数なら問題にならない。

借りてきた弓矢を構え、そのまま一気に矢を放つ。

「よし。まず一頭」

群れの中の狼の頭が、いきなり吹き飛んだ。闘気術で強化した力で、矢を放ったのである。

遠距離ではあるが強化されすぎたオレの力により、狼の頭蓋骨が吹き飛んだのだ。

「さて、どんどんいくか。二頭目……三頭目……」

距離感がつかめたところで、連射で狼を仕留めていく。

先日の投石とは違い、弓矢は遠距離でも命中率が下がりにくい。それに借りてきた弓矢の質も悪くなかった。オレの腕ならこの距離で外すことはない。

『『『ガルルル!?』』』

狼たちは混乱状態に陥る。何しろ仲間の頭が、次々と吹き飛ばされているのだ。

向こうからしたら、ちょっとしたオカルト現象であろう。

「七頭目……八頭目……おっ、こっちに気がついたか？」

隠密術で射撃していたオレの存在を、狼たちが発見した。

さすがは野生の獣。たいした嗅覚である。

『ガルル！』

残った二十数頭が牙をむき出して、こちらに向かってきた。同胞を射殺しているオレを、食い殺そうと殺気だっている。

「だが悪いな、こっちも仕事なんでな」

見つかったのなら、隠密をしている必要はない。オレは立ち上がり、狼の群れを挑発する。

「さて、何か武器になりそうな物はないか？」

狼たちはかなり接近してきている。

この近距離で弓矢を当てるのは不可能ではない。だが少しばかり面倒である。森の中を見回して、近距離用の武器を探す。

「おっ、これはいい感じだな？」

ちょうど手頃な長さの木の枝があった。

成人男性の身長くらいの長さで、太さもかなりある。これならオレの怪力にも、少しくらいなら耐えられるであろう。

「せーの……いくぞ！」

一斉に飛びかかってきた狼に向かって、大木を横に振り回す。なんの技もない力だけの攻撃。

その攻撃で一気に、二頭の狼が吹き飛ぶ。狼の全身の骨は粉々になり、一瞬で絶命していた。

『キャイィイーン！』

「さあ、まだ殺《や》るか？」

その言葉と共に、オレは殺気を解放する。今まで隠密で消していた闘気を、全身から放つ。

「これ以上は手加減しないぞ？」

戦鬼と呼ばれたオレの殺気は半端ない。まともに食らえば腕利きの傭兵でも、小便を漏らしてしまう代物である。

（さて。これで退いてくれたら、いいのだが……）

相手が危険な野生の獣とはいえ、できれば無用な殺生はしたくはない。普通の狼ならオレの殺気を受けて、逃げ出すはずだった。

『グルル……』

だが生き残った狼たちは、一頭たりとも逃げ出さなかった。遠巻きにオレを包囲しながら、更に牙を剝き出しにして威嚇してくる。

「ほう、これはたいしたものだな？　いったいどういうことだ？」

闘争心を失わない狼たちに、むしろ感心する。

「ということは強いボスがいるのか？」

野生の獣は、ボスを倒されると闘争本能を失う。逆に強いボスがいる内は、逃げ出すことがない。

つまりオレの殺気でも逃げ出さないほどのボス……強力な統率力をもった個体がいるのであろうか？

（ん？　これは？）

その時である。どこからともなく殺気が襲ってきた。

「上か？」

同時に上の木の枝から、影が急降下してきた。一頭の白い狼が、オレを襲ってきたのだ。

「奇襲攻撃か？　やるな！」

白い狼は死角を狙って、攻撃をしかけてきた。オレは感心しながら、持っていた大木で防御する。

「おっと？　木の棒が。こいつ普通の狼ではないのか？」

驚いたことが起きた。防御に使った大木が、真っ二つに切り裂かれたのだ。

もちろん普通の狼には、こんな馬鹿げた芸当はできない。つまり、この白い狼は普通の個体ではない。狼を率いていた強力なボスなのであろう。

『グルル……人族め……』

更に驚いた。襲撃してきた白い狼は、人語を話してきた。それもかなり流暢《りゅうちょう》な大陸共通語である。

「お前、魔獣《まじゅう》……魔狼《まろう》か?」

魔素を宿した〝魔獣〟と呼ばれる個体が、獣の中には存在する。

普通の獣に比べて凶暴で、身体能力や知能も高い。ごくまれに人語も話せる魔獣もいるのだ。

『魔狼などという下等種ではない。誇り高き白魔狼《はくまろう》だ!』

「ほう、白魔狼だと?」

これは更に珍しい。たしか、ここから遠い北の大山脈に、少数の群れで生息していると聞いたことがある。かなり賢い魔獣で、滅多なことでは人前には姿を現さないという。

だが白魔狼が何故、こんな南方にいるのだ? しかも普通の狼を率いて?

そんな話は今まで聞いたこともない。

「それに小さい」

目の前の白魔狼は普通の子犬ほどの大きさ。話によると成長すると白魔狼は、巨馬ほどの大きさになるという。もしかしたら白魔狼のかなり若い個体なのかもしれない。

「お前は〝はぐれ〟や孤児か?」

『うるさい! 死ね!』

オレの問いに答えられず、まるで子供のような癇癪《かんしゃく》を起こす。問答無用で白魔狼は襲いかかってきた。

稚拙な反応から見ても、やはりまだ相当若い白魔狼なのであろう。

「ほう？　小さい割には、かなり素早いな？」

だが襲いかかってきた白魔狼の素早さに、思わず感心する。

先ほどの奇襲以上のスピードで、オレに迫ってきた。あまりの素早さに残像が発生。小さいが鋭い牙が迫ってくる。

『死ね！　愚かな人族め！』

勝利を確信して、白魔狼は吠える。鋭い牙のある口を大きく開けて、オレの顔を食い破ろうと迫ってきた。

「なかなか速いな。だが工夫がない……覇《は》っ！」

勝利を確信していた白魔狼の顔面を、オレは拳《こぶし》で殴りつける。

『ギャン!?』

悲鳴を上げながら、白魔狼は吹き飛んでいく。

いくら素早いとはいえ、こいつの動きは直線的すぎる。傭兵として戦闘経験が多いオレは、簡単に予測できるのだ。

『キャーーン！』

岩をも砕くオレの右拳。吹き飛んだ白魔狼は、樹木に叩きつけられていた。

『グルル……』

「ほう？　まだ息があるのか？　たいしたものだな？」

驚いたことに白魔狼は生きていた。とっさに防御態勢をとっていたのであろうか？　それとも上位の魔獣がもつという〝魔気〟で、全身を被《おお》っていたのかもしれない。どちらにしても大した戦闘センスである。

『くっ、くそっ……』

白魔狼は生きてはいたが、すでに瀕死だった。

起き上がったもののフラフラしている。脳震盪《のうしんとう》を起こして、意識も半分飛んでいるはずだ。

『『キャイーン、キャイーン！』』

その時である。

戦いを見守っていた狼の群れが、鳴き声をあげながら逃げ去っていく。

ボスである白魔狼が倒れたことにより、負けを悟ったのであろう。もしくは白魔狼が負けたことにより、何かの強制力から解放されたのかもしれない。

「とにかく、これで終わりだな」

どちらにしろ村を悩ませていた、狼の群れは退散した。あれだけ痛い目にあったので、もう二度と村に近づくことはないであろう。

あとはボスの白魔狼に止めを刺して、オレの今回の任務は終わりである。

「さて、止めを刺すか……」

まだ動けない白魔狼に、ゆっくりと近づいていく。オレは先ほどよりも更に闘気を強めて、右の拳を振り上げる。

何しろ魔獣は普通の獣ではない。生命力が半端ではないのだ。

とくにこいつは危険な上位魔獣の白魔狼族。まだ若いとはいえ早めに始末しておかないと、後でどうなるか予想もできない。

「人里に下りてきて、運が悪かったと思え……」

最悪の場合、成長して村に復讐《ふくしゅう》にくる可能性もある。だから残酷かもしれないが、ここで止めを刺す必要があるのだ。

『無念……だ』

動けない白魔狼は、死を覚悟していた。誇り高き一族の末裔《まつえい》として、目を閉じて最期を迎えようとしている。

『父上さま……母上さま……ボク、仇《かたき》を討てずに、ごめんなさい……』

気力が尽きてしまったのであろう。最後にそう言い残し、倒れ込んでしまう。

その目には薄っすらと、小さな涙が浮かんでいた。

「父上に母上……だと？　やっぱり子供《ガキ》の白魔狼だったのか……」

振り上げた拳を止める。普通の狼は大型犬などと同様、生後一年で性成熟するし、寿命も長くて十数年だが、白魔狼は違う。生後五～六年しないと大人の白魔狼とはみなされない。この個体は良く見るとほんの一～二歳ではないだろうか。

（父上か……）

同じく幼いマリアの顔が、頭にチラついてしまう。

「ちっ、仕方がないな。オレは子供《ガキ》を殺さない主義なんだ」

荒くれ者と思われている傭兵にも、主義と仁義というものがある。オレの場合は『女子ども、弱い者には手を出さない』だ。

だから涙に負けて、手を止めた訳ではない。子供《ガキ》だとはっきりわかったからだ。

「それにマリアの遊び相手に、ちょうどいいかも……な」

こうして気絶した白魔狼の子どもを担いで、村に戻るのであった。

◇◇◇

予定よりも早い帰宅。誰にも見つからないように家の中に入る。

「さて、マリアは……いないいな？」

家に入る前に、周囲の気配を探る。まだマリアは村長の家にでもいるのであろう。

オレが狼狩りから戻ったら、迎えにいく約束をしていた。安心させるために、マリアを早く迎えにいかないと。

だが、その前に。やることが一つある。

「……おい、起きろ」

気絶したままの白魔狼の子に〝気〟を注入する。これは闘気術の一種で、気絶から起こす回復の技だ。

『うぐ……ここは？』

白魔狼が目を覚ます。まだ意識が朦朧《もうろう》としているのであろう。周りをキョロキョロしている。

『はっ!?　お前はさっきの!?　ガルル……！』

だが同じ室内にいたオレの顔を見て、一気に飛び退《の》く。部屋の端っこに移動して、こちらに向かって警戒の声を発してきた。

元気がいいな。この様子なら、体力もだいぶ回復しているであろう。さすがは上位種の白魔狼だ。

『……なぜボクは生きている？』

白魔狼は状況が摑めていなかった。

先ほどの戦いで止めを刺されて死んだ……そう思っていたのであろう。

だから自分が生きていることが、不思議で仕方がないのだ。

「ここはオレの家だ。お前の命はオレが助けた。お前、まだ幼いんだろう？　子供《ガキ》は、殺さない主義だ」

混乱している白魔狼に、説明してやる。家まで連れてきたのは、オレの気まぐれだと。

『ガ、子供《ガキ》ではない！　ボクはもう二歳！　立派な誇りある白魔狼の一族だ！』

二歳か……やっぱり子どもだったな。これは戦っていた時にも実感はしていた。

こいつは肉体的にも小さく、精神的にも幼い。成人した白魔狼なら、オレでももう少し苦戦していただろう。

「それなら誇りある白魔狼に聞く。お前は一族のテリトリーを離れて、なぜこんな南方の森にいた？　しかも一般の狼を率いて？」

こいつに関してはおかしなことばかりだ。

何しろ白魔狼族は遠い北の大山脈にしか住んでいない。しかも普通の狼と群れを作ることなど、絶対にしない。白魔狼族は孤独を愛する種族なのだ。

『グヌ……それは……』

気まずそうに白魔狼の子は言葉を失っていた。

つまり……何か事情があるのであろう。こいつは普通ではない、はぐれの白魔狼。故郷から出てきたに違いない。

「それに気絶する前に、言っていたな？　『父上と母上の仇を討つ』とか？　お前は逃げ出してきたのか？」

『違う！　ボ、ボクは逃げ出したのではない！　アイツ等、黒魔狼族《こくまろう》は卑怯な手で、里を襲ってきたのだ！　だからボクも戦おうとした！　でも母上に庇《かば》われて、ボクは川に落とされて……』

やはりな。どうやらドンピシャで、オレの読みが当たったらしい。

黒魔狼も北の大山脈に住む、上位魔獣である。

おそらくは両種族の間で、何らかの生存競争が起きたのであろう。その時に親に逃がされて、川下のこの近辺で意識を取り戻した。

こいつが普通の狼の群れを率いていたのは、戦力を整えるためであろう。黒魔狼族に復讐をするための。

「お前、正気か？　あんな一般種の狼を何頭集めようが、黒魔狼には勝てないぞ？」

黒魔狼も成長すると、軍馬並の大きさになるという。

上位魔獣の中でも戦闘能力がかなり高い。普通の狼を数百頭集めようが、敵《かな》わない相手なのだ。

『グヌ……言われなくても分かっている！　でもボクはまだ小さい……このままでは、アイツ等には勝てないんだ……』

白魔狼の子は下を向いて、歯をくいしばっていた。自分の不甲斐なさに、悔し涙を流している。

（ちっ……）

オレとしたことが言いすぎた。また子供《ガキ》に涙を流させてしまった。

（やれやれ。やっぱりこうなるのか……）

全ての事情を聞いて、ため息をつく。このまま見捨てる訳にいかないな。

「お前、強くなりたいのか？」

『あ、当たり前だ！　仇を討つために、必ず強くなるんだ！』

白魔狼の子は真っ直ぐな目で、宣言していた。一族の誇りにかけて強くなると。

こうした目をした戦士は必ず強くなる。傭兵時代に何人も見てきた。

「いい目だな。だったらオレがお前を鍛えてやる。その黒魔狼に勝てるように……な」

『なん……だと？　人族風情《ふぜい》が、誇りある我ら白魔狼を!?』

やれやれ。人族風情か。

こいつの場合、鍛える前にこの子どもっぽいプライドをなんとかしないとな。

「その人族風情に負けたのは、どこのどいつだ？」

『グヌヌ……それは、そうだったな。お前の強さは認めよう』

おや？

プライドを捨てて、急に素直になったな。これは『野生の掟《おきて》に従って、強者に従う』というやつか。

それなら分かりやすい。こいつの性格に合わせて話を進めていこう。

「という訳でお前は今日から、オレの弟子だ」

『弟子……？　どういう意味だ？』

「それはペット……いや、〝家族〟みたいなものだ」

本当の意味は違うが、他にいい言葉が浮かばなかった。

それに長く飼っているペットには、家族と同等の愛着が湧く。そう聞いたことがある。

『家族だと？　家族を失ったこのボクに……新しい家族が……』

どうやら白魔狼は気に入ってくれたようだ。家族という単語を何度も繰り返していた。

こいつはまだ幼いが、愚か者ではない。人生の経験値が足りないだけである。マリアとも上手くやってくれるであろう。

そういえば『白魔狼の子』だと、呼び辛いな。

「お前は何か名前はないのか？」

『半人前のボクには、まだ名はない。父上が死んでしまった今は、どうすれば……』

なるほど、そういうことか。成人となって初めて名を得るのか。

今、こいつは立派な覚悟を決めている。だからオレが名づけ親になってやろう。

「〝フェン〟はどうだ？　神話時代の偉大なる〝神狼フェンリル〟からとった」

『えっ!?　フェン……？　ボクの名前……フェン……伝説の神狼からとって、フェンか……』

どうやら名前も気に入ってくれたらしい。白魔狼の子ども……フェンは何度も、自分の名前を呼んでいた。

「オレの名はオードルだ。あと、この家にオレの娘も住んでいる。まだ小さいので仲良くやってくれ。オレが留守の間、出来れば守ってやって欲しい」

『ああ、まかせて、オードル！　誇りある白魔狼族は、家族は命懸けで守る！』

「そうか。頼りにしているぞ、坊主」

上位魔獣の白魔狼をペットとして飼うなど、今まで聞いたことがない。

だがこいつは信頼して大丈夫であろう。まあ……これは戦鬼と呼ばれたオレの直感だが。

「ん？　誰か近づいてくるな。あれは、マリアか」

タイミングよく、マリアが家に近づいてきた。家に荷物でも、取りに来たのであろう。トコトコと歩いてくる。

フェンのことは森で拾った子犬だと、ごまかしておこう。

もちろんフェンにはマリアの前では人語を話さないように、今のうちに釘をさしておく。

「あっ？　あっ、パパだ！　かえっていたの!?　おかえりなさい、パパ！」

「ああ。ただいま、マリア」

予定よりも早い帰宅。家の中に入ってきて、マリアは驚いていた。

そして凄《すご》く嬉しそうな顔になる。これは早く帰ってきた甲斐があったものだ。

「あれ、白いワンちゃん？　どうしたの、パパ？」

「こいつはフェン。今日からうちの家族の一員だ」

普通にしていればフェンは、白い犬に見える。マリアも上手く騙されてくれた。

「ほんとう、パパ!?　マリア、うれしい！」

『ワン、ワン！』

「フェンちゃん、きょうからから、よろしくね！　わたし、マリアだよ」

フェンの演技力はたいしたものである。犬と同じ鳴き声を出していた。

これなら村人たちも、こいつを普通の犬だと思うであろう。

「あっ、そうだ！　マリア、お花をとってきたんだ！　ちょっと、まっててね！」

今日、マリアは友だちと、花遊びに行っていた。摘んできた花が、隣の部屋にあるという。

嬉しそうな顔で、マリアは取りに向かう。

『ねえ、オードル。最初に一つだけ言っておいて、いいかな？』

「どうしたフェン？」

マリアが隣に行ったのを確認して、フェンは小声で話しかけてきた。大事な話があるという。

『ボクは坊主じゃないよ……女の子だよ』

「なん……だと？」

まさかの性別。

オスだと思っていたフェンが、実はメス……二歳の女の子だったのだ。

（やれやれ。家族が……娘が二人になるとはな……）

こうして我が家は新しい家族を迎えて、一気に賑《にぎ》やかになるのであった。

第三章

白魔狼の子ども、フェンを飼い始めてから、数日が経つ。

新しい家族を加えた生活は、今のところ順調だった。

「パパ、おつかい、いってきます！　いこう、フェン！」

『ワン！』

マリアは早くもフェンと仲良しになっていた。同じくらいの精神年齢なので、友だちのような存在なのであろう。

今朝も二人は仲良く、村の商店まで出かけていく。

《マリアのことは任せたぞ、フェン》

《ああ、オードル。ボクに任せておくワン！》

去ってゆくフェンに、〝念話《ねんわ》〟で伝えておく。

〝念話〟……上級魔獣が使える、思念の会話方法である。

白魔狼のフェンも使うことが出来た。正体を隠すために普段は、念話を使うことにしたのだ。

「フェンがマリアに付いていてくれると、何かと助かるな」

フェンはまだ二歳の子ども。だが戦闘能力の高さは、先日の戦いで実証済み。

特に嗅覚《きゅうかく》などの危険察知能力も高いので、幼いマリアの護衛にうってつけなのだ。

「あっ、マリアちゃん。フェンちゃん、おはよう！」

近所の子どもたちが、マリアに朝の挨拶をしている。

「フェンちゃん、かわいい！　なでなで、していい？」

『ワン、ワン♪』

フェンは拾ってきた子犬だと、村の皆には説明していた。本当は危険な上級魔獣なのだが、フェンの演技力でごまかしてもらっている。

「フェンちゃん、お手！」

『ワン！』

「フェンちゃん、お座り！」

『ワン、ワン♪』

それにしてもフェンの演技力は見事である。子どもたちと自然に接していた。

というか……フェンが自ら進んで、子どもたちと遊んでいるように見える。

誇りある白魔狼のプライドとやらは、どこへいってしまったのであろう？

まあ、上級魔獣だが精神的には、まだ幼い。フェンも遊びたい年頃なのであろう。大目に見てやるか。

「さて。オレは村長の家にいくとしよう」

今日も村長から、呼び出しをくらっていた。家の仕事や農作業を、闘気術を使ってパパッと終わらせておく。

「さて、今日はどんな仕事があるのやら……」

こうして午前中の仕事を終えて、村長の家に向かうのであった。


「食糧の備蓄が足りないだと?」

「ああ、そうじゃ、オードル」

今日の問題は〝食糧〟に関してだ。村の備蓄が予定よりも少なくなってきたという。

現状を確認するために、村長と一緒に村の倉庫に向かう。

「なるほど。これは確かに足りなくなりそうだな」

倉庫内の備蓄量を確認して、紙で計算。オレは現状を把握する。

しばらくの間は大丈夫、しかし、このままでいけば今年の冬を越すのは難しい計算だ。

村人の消費量に対して、備蓄量が少ないのである。

「オードル、そんな紙切れで正確に計算できるのか?」

「そうだな、ジイさん。王都じゃ、これで計算していた」

この辺境の村では、正確に計算が出来る者は少ない。だがオレは算学を傭兵時代に会得していた。

何しろ傭兵部隊を維持するには、計算は必須。戦の報奨金や、日々の食糧の配給など計算だらけ。

だから合理的に部隊を統率するために、オレは算学を自ら学んでいたのだ。

「食糧不足の原因は分かるか、ジイさん？」

「ここ数年は、例年よりも子どもが多く産まれた。それが原因かもしれんな」

「なるほど。消費が増えて、備蓄がだんだん減ってきた訳か」

子どもが増えていけば、消費量は増えていく。成長期である子どもたちは、食事の量が多いのだ。

だが労働力としては、子どもは半人前。その差が今回の問題を引き起こしているのであろう。

「こんな時はどうすればいい、オードル？　一人当たりの配給分を減らしていくか？」

「ああ、ジイさん。普通なら、そうだな」

この村は麦などの基本的な食糧は、村で一括管理している。

何しろ土地は農業に適していないので、大規模な穀物栽培ができない。そのため生活物資は共同で管理。自給自足で慎ましく暮らしてきたのだ。

（さて、困ったな……）

だから今回のような食糧問題の時は、消費量を少なくする。あるいは〝間引き〟という昔の風習しかないであろう。

（『パパ、美味しいね！』）

そんな時である。マリアの顔が、脳裏に浮かんできた。本当に美味しそうに食べている、満面の笑みだ。

「ジイさん。オレに考えがある。食事を減らすのは、何日か待ってくれ」

成長期のマリアには、腹いっぱい食べさせてやりたい。だからオレは行動を起こすことにした。

村の食糧問題を別の方法で、解決することにしたのだ。

「考えじゃと？　ああ、頼りにしているぞ、オードル」

今回の問題に関して、村長から一任された。村の備品も自由に使っていいと許可をもらう。

「さて、行くとするか」

こうして食糧問題を解決するために、オレは行動を開始するのであった。


まずは花遊びをしていたマリアのところに、寄っていく。

「おい、マリア。フェンを借りていくぞ？」

「あっ、パパだ！　うん、だいじょうぶだよ！」

今回の仕事には、こいつの鼻の良さが必要になる。マリアの護衛役のフェンを借りていく。

「さあ、いくぞ、フェン」

『ワン！』

呼びかけに反応して、フェンがこちらにやって来る。頭の上に、キレイな花の王冠をつけていた。

こいつ……ちゃんと護衛の仕事をしていたのか？　もしかしたら一緒に遊んでいたんじゃないか？

《ボ、ボクだって年頃の女の子だから……仕方がないだろう？》

オレの視線に気が付いたフェンが、念話で言い訳をしてきた。

そういえば、こいつはまだ二歳の白魔狼の子ども。仕方がない。今回は大目に見てやろう。

《ところで、どこに行くの、オードル？》
《それはお前の〝鼻〟しだいだ》
《えっ？　ボクの鼻？》
フェンは首を傾げていたが、説明している時間が惜しい。詳しい話は、移動しながらしてやろう。
「さあ、行くぞ、フェン」
『ワン！』
こうして準備を終えて、オレたちは村を出発するのであった。

◇◇◇

村の東に広がる森林地帯を、フェンと進んでいく。

マリアをあまり待たせる訳にいかない。最短ルートの獣道を、ダッシュで駆けていく。

『ちょ、ちょっと、オードル！　走るのが速すぎるよ！』

おっと、いけない。急ぎすぎてフェンを、追い越してきてしまった。

「速すぎるか？　これでも気をつけているつもりだが」

オレは走る時は、闘気術で身体能力を強化させている。

森の中は障害物が多く、全力疾走は危険。だからフェンに合わせて、少し遅めで走っていたのだが。

『これで遅めだって!?　白魔狼よりも速く走れるなんて、オードルは本当に規格外の人族なんだね……』

「ん？　そうか？　戦場で生き残るためには、足の速さは重要なんだぞ」

フェンは絶句していたが、これくらいの芸当が出来なければ、この大陸では傭兵稼業などやっていられない。

何しろ戦場には、化け物のような戦士や騎士が時々いる。奴らはたった一騎で、数百人の兵士団を殲滅《せんめつ》してくる猛者《もさ》ども。だから、こちらも剣技と闘気術を鍛え上げるしかないのだ。

まあ……オレと同等のスピードで駆けられる戦士は、この大陸でも滅多にお目にかかれなかったが。

『ん？　オードル、前方に獣の匂いがするよ？』

「よし、止まれ。フェン。ここからは注意しろ」

そんな雑談をしながら駆けていた時である。フェンの鼻が何かの匂いを察知した。

オレたちは風向きに注意しながら、匂いのする方へと近づいていく。足音と気配を消して、回り込む。

「いたぞ、フェン。あれだ。止まれ」

目的の集団が、遠目に見えてきた。後方から追いついてきたフェンを、手で制止する。

『あれが、今回の目的？　たくさんいるね……』

「ああ、そうだ。大牛の群れだ」

見つけたのは野生の大きな牛の群れであった。草原地帯の草を食べている。

『大牛？　随分と大きいね？』

「そうだな。この地方でも最大の種だ」

大牛は普通の牛の倍くらいの体格がある。常に移動して暮らしているので、なかなかレアな獣。

今回はフェンの鼻の良さを頼りに、探し当てたのだ。

『なるほど。アレを狩って、村の保存食にするんだね？』

村の食糧問題に関しては、フェンにも道中で説明してある。

白魔狼族も厳しい冬に備えて、エサを備蓄する習慣があるという。そのお陰でフェンも理解が早かった。

「いや、フェン。あの大牛は殺さずに捕獲する。全部、この荒縄で村に連れて帰る」

『えっ、オードル？　狩らずに、生きたまま連れて帰る？　いったいどういう意味なの!?』

魔獣には〝酪農〟の概念はない。だからフェンは理解できないのであろう。

「簡単なことだ。家畜として飼う。乳製品を作ったり食用にしたりして、村で育てていくのだ」

あの大牛のメスは、性質は温順。身体も丈夫で、人が飼いやすい種類である。このことは酪農出身の傭兵仲間から教えてもらっていた。

『野牛にエサを与えて飼って、その乳を飲んだりする？　なんで、そんな面倒くさいことをするの、オードル？　殺して肉を食べた方が、便利じゃない？』

「よく考えてみろ、フェン。その方が効率いいからだ。知識として覚えておけ」

酪農のことを知らないフェンに、丁寧に教えておく。

殺さずに育てておいた方が、世の中には後で都合がいいことがあると。今まで以上に、豊かな食生活をおくれる。これらは人の歴史が証明していた。

『なるほど、そういうことか！　いいことを教えてもらったよ。あれ？　も、もしかして、オードルはボクのことも、成長させてから食べるつもりだったの!?』

何かに気がつき、フェンは身体をビクッとさせる。警戒しながら、恐る恐る尋ねてきた。酪農のことを知り、何かを勘違いしているのであろう。

「フェンを食うだと？　そんな訳ないだろう？　狼の肉は人間にとって食べ辛い。食用に飼育するのは、むしろ非効率だ」

『そっか……よかった……』

家畜の話からそこまで想像するとは、フェンは頭がいいのかもしれない。だが心配はいらないと、説明しておく。

「それより、フェン。さっさと仕事にはいるぞ。お前は大牛を刺激しないように、周囲を警戒しておいてくれ」

『うん、わかった。でも、オードル。あの巨体の牛を、どうやって村まで運ぶの？』

野生の牛の中には、興奮したら暴れる種類もいる。普通の人間には手に余る存在。

だから、あの野生の牛も誰も家畜化していないのであろう。村に連れて帰れるのなら、この近隣の誰かが、先にやっていたはずだ。

「それは簡単だ。あのメスの大牛は、このハーブを嗅がせたら大人しくなる」

ここにくる道中で、数種類の香草を摘んできた。混ぜ合わせると独自のハーブになり、野牛に効果がある。これも傭兵時代に聞いておいた知識だ。

『それなら簡単だね。でも不思議だね？　そんなに簡単なら、何で他の人は、あの大牛の群れを捕まえないのかな？』

フェンの言う通りである。大牛の家畜としての価値は、誰もが知っているもの。だが大牛を捕まえようとする者は少ないのだ。

「その理由は簡単だ。大牛のメスの気性は大人しい。だが、群れに一頭だけいるボス……オスは違う」

『えっ、ボスのオスがいるの？』

「ああそうだ。ちょうど、おでましだ。ここから気を張れ、フェン」

そんな群れを観察していた時である。草原の丘の向こうから、大きな影が現れた。

『えっ……あれが、大牛のオス!?　大きすぎない!?』

「そうだ。メスとは違って気性も肉食獣のように激しいぞ」

現れたのは巨大なオスの大牛。周りのメスに比べて、圧倒的に大きな個体であった。鋭く尖った大きな角で明らかに獰猛《どうもう》そうだ。

「さて、いってくる。危ないから待っていろ、フェン」

『えっ、どこに行くの、オードル？』

「あのオスの角を折ってくる。少しだけ荒くなるから、巻き込まれるなよ」

大牛のメスの群れを捕獲する方法は簡単である。一頭だけいるオスの二本の角を折り、屈服させこちらを認めさせるのだ。

『えっ？　あの巨大なオスに、オードル一人で挑むの!?』

「ああ、そうだ。すぐに終わる」

唖然としているフェンを置いていき、オレはオスの大牛の近くに進んでいく。

『ブルルルルゥ！』

こちらに気がついたオスの大牛が威嚇音を発してきた。鋭く尖った角先を向けて、殺気を放ってくる。

「さて、オレに従ってもらうぞ」

どんな生き物も、生きていくためには食う必要がある。今回は村を生かすために、オスの大牛の角を折る。残酷かもしれないが、この世の中は弱肉強食なのだ。

『ブシュルルルゥ！』

オレの言葉に反応して、大牛が戦闘をしかけてきた。巨体から想像もできない速さで、一気に突撃してくる。まともに食らえば岩を砕く一撃だ。

「いい、突進だ……いくぞ、覇《は》っ！」

オレは大牛の角を寸前で回避。同時に手刀を繰り出す。

ゴギッ！という大きな音と共に、大牛の動きが止まる。大牛の二本の角を斬り落としたのだ。

「安心しろ、村で大事に飼ってやる」

大牛は角を斬ると大人しくなる。怯《おび》えているオスを優しく撫でてやる。

『す、すごいね、オードル！　こんな太い角を素手で折るなんて!?』

勝負が終わったところで、フェンが駆け寄ってきた。落ちている大牛の角の太さに驚きの声をあげている。

「今のはカウンター攻撃……相手の突進の力を利用した技だ」

『カウンター？』

「ああ、そうだ。フェンの攻撃にも応用できる。覚えておけ」

『なるほど。さすがオードルだね！』

フェンには戦い方を教えると、約束していた。カウンターの基本を教えておく。

「さて。オスは片付いた。あとは村に連れて帰るぞ」

『そうだね。でも大人しくなっても、この巨体とあの数はどうするのさ？』

フェンが不思議がるのも仕方がない。メスの大牛は大きいものだと数百キロ以上。目の前のオスは千キロ以上の巨体である。

「それは簡単だ。この荒縄で村まで引っ張っていくだけだ」

『えっ……この巨体の牛たちを……？』

「ああ、そうだ。さあ、時間がない。始めるぞ！」

フェンは絶句しているが、傭兵稼業たるもの膂力《りょりょく》は重要。強引に牛を牽引《けんいん》できなければ、戦場では生き残れないのだ。

『いや、普通の人族には無理だと思うけど……まったくオードルは、どこまでも規格外なんだから……』

「さあ、始めるぞ！」

フェンはぶつぶつ言っているが、構っている暇はない。

早くしないとマリアが心配してしまう。さっさと仕事を終わらせて村に帰らなくては！


その後の牛の移動は、地道な作業となった。

何しろ牛の歩く速度は、あまり速くない。縄で引っ張るにも、牛の速さに合わせるしかないのだ。

ハーブを嗅がせて大人しくなった大牛。数頭ずつ荒縄で縛って、村まで引っ張っていく。群れは三十頭近くいたので、数回に分けて行うしかない。

フェンに周囲を警戒させながら、オレはこの作業を一人で行う。

結局、全ての牛を村まで運ぶ作業は、丸一日かかってしまった。

闘気術で疲れ知らずとはいえ、なかなかの大作業。だがマリアの健全な食卓のためなら、苦でも何でもない。

「パパ、すごい、牛さんだ！」

村の外れに勢ぞろいした大牛を見て、マリアが歓声を上げる。

満面の笑みだった。この笑顔を見られただけでも、今回の捕獲作戦は成功だった。

（だが、しばらくは牛の顔は見たくないな……）

こうして家畜となる大牛の捕獲は大成功したのであった。

◇◇◇

大牛を捕獲してから、数日が経つ。飼育は順調に進んでいた。

「パパ、ぎゅうにゅう、おいしいね！」

今朝も搾りたての牛乳を飲んで、マリアが満面の笑み。捕獲してきたメスは、毎日大量の乳を出してくれるのだ。

ちなみに牛乳が最優先で、残りをチーズなど乳製品に加工していた。だが加工しても余剰がでるほど、毎日牛の乳が出る。だから村人たちで毎日、牛乳を飲むことにしたのだ。

「牛の乳には栄養がたくさんある。マリア、これから毎日ちゃんと飲むんだぞ」

「うん、わかった、パパ！」

新鮮な牛乳は栄養価が高く、健康や美容にも良い。王都でも手軽に飲めない貴重品だ。

「たくさんのんで、マリアもはやく、パパみたいに大きくなる！」

こうしてマリアが毎日たくさん飲めるのも、田舎暮らしの恩恵。そう考えると辺境暮らしも、悪くないのかもしれない。

『ワン、ワン！』

「あっ、パパ。フェンも、牛乳、おかわり、ほしそうだよ？」

「そうだな。ゆっくり飲むんだぞ、フェン」

『ワン！』

牛乳はフェンにも大好評だった。本来、白魔狼族は牛の乳など飲まないらしい。だが初めて口にした牛乳の美味さに、フェンは病みつきになっていたのだ。

『ワン、ワン、ワン！』

「フェン、おいしい！　って言ってるね、パパ！」

いつの間にフェンの犬語を、マリアは理解していたのであろうか？　それとも当てずっぽうであろうか？

マリアは嬉しそうに、フェンのふかふかの頭を撫でている。

《美味しい！　牛乳、美味しい！》

少し遅れて、フェンから念話が漏れてくる。マリアは大正解だった。

まあ……フェンの無我夢中で飲んでいる姿を見れば、一目瞭然《いちもくりょうぜん》なのかもしれないな。

（大牛か……予想以上に大当たりだったな……）

搾りたての牛乳は実際に美味しくて、しかも栄養価が高い。マリアとフェンの成長に、これから一役買ってくれるであろう。

「じゃあ、マリア。後片付けは頼んだぞ」

「うん、わかった。パパも、気をつけてね！」

朝の仕事が終わったところで、家を出発する。今日はこれから牛の様子を、確認しに行くのだ。

村の外れの建物にやってきた。新しく建てた牛舎である。

「ふむ、いい感じだな」

牛舎の様子を観察して満足する。

中では三十頭以上の牛が、もぐもぐとエサを食べていた。大牛は雑草や穀物まで、何でも食べてくれる。

時おり村の近隣に放牧するだけで、飼育も簡単。かなり飼いやすい牛である。

「おっ？　オードル、オヌシも来ていたのか？」

「ああ、ジイさんもか」

牛舎で村長に出くわす。牛の飼育のために村長は、村人たちと作業しているところだった。

「この大牛は本当に凄いもんじゃな、オードル。オヌシが連れて帰ってきた時は、ワシらは何が起きたか理解できなかったが」

「ああ、そうだな、ジイさん。今まで飼っていた山ヤギの、何倍も役に立つであろうな」

村の家畜は今までは、山ヤギが主体であった。山ヤギは乳と毛が取れるので、便利な家畜である。

だが乳の採取量は、今回の牛の方が段違いで上。また牛乳は飲むだけではなく、大量の保存用のチーズにも加工ができる。それに殺した時に食べられる肉の量も、大牛はヤギの数倍はあるのだ。

「そういえばオヌシが作ってくれた牛用の農機具で、開墾の方も順調じゃぞ」

「ああ、そうか。牛は労働力としても優れているからな」

大牛は畑の労働力としても使うことにした。

何しろ牛の力は人間の何倍もある。専用の農機具を引っ張らせることで、固い地面を楽々耕すことが出来るのだ。

「畑の開墾が終わったら、裏の森の開拓にとりかかろう、ジイさん」

「おお、そうじゃのう。まさに大牛さま様じゃのう」

牛の農具は森林を開墾して、畑を広げていく時にも重宝する。

また木材を運んで、木の根を掘り起こすことも可能。村の農作物の生産性も、数倍になっていくであろう。

まさに大牛の飼育は、辺境の農村にとって大革命なのだ。

「それにしても、オードル。お前さん、農具や牛舎を作る大工仕事までを、ここまでこなすとは……」

「ああ、これのことか、ジイさん？　大きな街では大工仕事も出来ないと、話にならないからな」

今回、牛舎と農機具は、オレ一人で作った。かなり大規模になったが、闘気術で身体能力を強化していたので問題はない。

何しろ大きな野戦になると傭兵は、拠点造りも自分たちで行う必要もある。木を切り出し、大きな小屋を作る。元傭兵のオレには、造作もない作業だ。

また農具の知識に関しても、傭兵時代に学んだ。大きな農場に雇われていた時。その時に教えてもらったことを参考にしていたのだ。

「あんなに〝悪ガキ〟だったオードルが、いつの間にか大した男になったものじゃのう……」

村長は昔を思い出して、懐かしんでいる。

それにしても〝悪ガキ〟オードルか……懐かしいあだ名だな。

「だがジイさん。大変なのはこれからだぞ。この牛を飼育していくのは、村人の仕事だ。今まで以上に仕事が増えるから、頑張る必要があるぞ」

酪農は有り難いことばかりではない。ちゃんと世話をしなければ、牛は痩せこけて、死んでしまう。今後は村人全員で、酪農にも従事していかなければいけないのだ。

「ふぉっ、ふぉっほ。それなら心配無用じゃ。ほれ、見てみろ。村人たちの笑顔を？」

「ん？　ああ、そうだな。オレの杞憂だったな」

村人たちは笑顔で、牛の世話をしていた。何故なら食糧問題の多くが、今回の牛の捕獲で解決されたのである。

家族や子どもが、冬に飢えなくてもいい。間引きをしなくていい……そう考えただけでも、大人たちの顔には自然と笑みが溢《あふ》れているのだ。

「何か家畜に適した獣がいたら、捕まえておいてやる」

「おお、それは有り難い。期待しておるぞ、オードル！」

村長と別れて、牛舎を後にする。

また森や草原に、出かける時もあるであろう。その時に違う種類の家畜を探すつもりだ。

野豚や野羊、野馬など……大陸には家畜に適した獣がまだいるのだ。

「とにかくお前さんのお陰で、村人たちの笑顔が増えてきた。感謝しているぞ、オードル」

「村人たちの笑顔……だと？」

村長に言われて気がつく。そういえば大牛が来てから、村人たちの笑顔が増えたような気がする。

食糧問題が解決されて、誰もが心に余裕が出ていたのだ。

「村のために働く、か……悪くはないな」

そんな笑顔を見ながらオレは感慨にふけるのであった。

第四章

大牛が村に来てから、更に数日が経つ。村で生活は順調に進んでいた。

オレは日課である村の巡回をしていたところだ。

「あっ、パパだ！　おしごと、おわったの？」

「いや、まだだ。少しだけ寄り道しただけだ、マリア」

やって来たのは、村の中央にある広場。マリアが村の子どもたちと、元気に遊んでいる所だ。

「今みんなで、お絵かきして、あそんでいたんだよ、パパ！」

「そうか。絵かきか。楽しそうだな、マリア」

マリアたちは地面に、絵を描いて遊んでいた。軽石をペン代わりにして、色んな絵を描いている。

動物の絵や、花の絵。想像力が豊かな子どもたちは、自由に色んな絵を描いている。

（ん？　もしや……）

絵を見ながら、あることに気がつく。少し気になることだ。

「おい、お前たち。オレはマリアのパパだ。怖くはないぞ。この中で、自分の名前を書ける者はいるか？」

気になったことを、その場にいた子どもたちに尋ねる。気をつかい、なるべく小さく優しい声で。何しろオレの声量は半端ない。普通に面と向かって話しかけたら、子どもは恐怖で泣いてしまうのだ。

「えっ、名前？　字？」

「ボクは字を書けないよ！」

「あたしも、字は書けないよ！」

「うちのパパとママも書けないよ！」

子供たちから、驚くべき返答があった。誰一人として、字を書ける子がいないのだ。

（やはり、そうか……）

予想が的中した。文字の読み書きができる割合、つまり〝識字率《しきじりつ》〟が、この村は極端に低いのである。

子どもたちの会話から推測するに、大人でも読み書きが出来る者は少ないであろう。せいぜい村長一家と数名くらいか。

この村は辺境にあり、自給自足で外部との交流が少ない。それを差し引いても驚異の識字率の低さである。

「これは困ったな……」

マリアたちの遊び場から離れながら、村の現状を嘆く。何しろ文明人にとって、読み書きは大事である。

ここだけの話、オレも村にいた時は、読み書きがまったく出来なかった。

だから傭兵団に加入した時に、かなり苦労した経験がある。街の商店でボったくられたり、給与を上司にごまかされたり。字の読み書きが出来ないだけで、大きな損失を伴った。

だから、その後オレは必死で、文字の勉強に励んだのだ。

「マリアにも同じ辛い思いは、させられないな……」

娘のマリアがこれから、どんな人生を送るか予想もできない。

だが学のない女性が、大都市で辛い目に遭ったのを、オレは何度も目にしてきた。彼女たちは字が読めないだけで、商人に騙されて借金を負わされていた。そのまま借金のカタで、娼婦や奴隷の身分に落とされた者もいたのだ。

「この村の教育を、なんとかしないとな」

子の将来を、親は切り開いていく必要がある。今のオレが出来ることは、マリアのために尽くすことだ。

よし！　そうと決めたら善は急げ。この村に教育制度を設ける準備をしよう。

「まず教育の建物が必要か？　これは何とかなるな」

子どもたちが勉強する建物は、自分で建てればいい。大牛の一件で村長からは、村では自由にさせてもらっていた。

そうだ。マリアが通うのだから、少しだけ立派な建物にしよう。

勉強机も生徒の身長に合わせた物を作ってやろう。材木は近隣の森に、腐るほどあるから大丈夫だ。

「建物は問題ないが、足りないのは教師か……」

王都の学校には、〝教師〟と呼ばれる専門の学者がいた。だが、この村に教育者はいない。村長一家は字を読み書きできるが、教えることは別の技術。教師には『教える』ことの特別な技術が必要なのだ。

「最後の手段は自分だが……」

団長だったオレも、誰かに教えることはできる。伊達に三千人を超える傭兵団を率いていなかった。オレは自分の部下たちへの教育を徹底していた。隊員の識字率を百％近くまで押し上げた指導の経験もあるのだ。

「だが子どもの相手では、オレは論外だな……」

自分の剛声は半端ではない。先ほどのように慎重に発声して、ようやく子どもたちと会話が成立する。

だが教育とは、熱量のぶつけ合いである。オレが部下に教える時は、命がけの勝負であった。本気で怒鳴って教えていたのだ。

今思い出しても、あれはマズイ。村の子どもたちでは耐えられず、気絶してしまうかもしれない。

「教育者がいない……か。これは困ったぞ」

場所はあるが、教師がいない。完全などん詰まり状態であった。こんな辺境の村に来てくれる、物好きな学者はいないであろう。

いったいどうすればいいのか。戦鬼と呼ばれた男も、さすがに今回ばかりは困ってしまう。

「オードルさん、大変だ！」

そんな時である。村の青年が、大声で駆け寄ってきた。

この者はたしか、今日は村の門番の仕事をしていたはず。いったい、どうしたのだ？

「それがオードルさん。王都から王国騎士が来て、村の正門で騒いでいるんです！　助けてください！」

「なんだと？　王国騎士……だと？」

王国では、オレは焼死したことになっている。それにこの村がオレの故郷であることは、誰にも教えていない。ということは、王国騎士が来たのは偶然か？

偶然でもやっかいだ。せっかく故郷で静かに暮らしていたのに、最悪のタイミングである。

「ああ。すぐ向かう」

こんな辺境の村に、王国騎士が来るとは想定もしていなかった。オレは正門に駆けて行くのであった。

◇　◇　◇

正門が見える距離まで、気配を消して接近する。

「あれか……王都から来たという騎士は？」

警戒しながら、遠目から観察をする。

何しろ騎士の中には、闘気術の使い手もいる。あまり近づき過ぎると、こちらの気配を察知されてしまう危険性があるのだ。

「ん？　たった一騎だと？」

村に来た騎士は、完全武装の騎兵が一人だけであった。馬上で何やら騒いでいる。

念のためにその背後を探るが、他に兵士の気配はない。本当に一人で来たのであろう。

「なぜ、こんな辺境の村に単騎で？」

この村は王国外の領土である。あまりにも辺境すぎて貧しく、誰にも統治されていない。王国の騎士が過去に来たことはない。

では、あの騎士は何か理由があって、来たのであろうか？

「おっ。顔が見えるぞ？」

騒いでいた騎士が、馬から降りて兜を脱ごうとしている。村長が正門に到着したので、騎士として礼を尽くすのであろう。

辺境の村長にも礼を尽くすとは、真面目な性格の騎士なのかもしれない。

「どれどれ。オレの顔見知りでなければいいのだが……」

遠目に騎士の顔を確認する。何しろオレは王都の火事で、焼死したことになっている。この村で暮らしていることは、誰にも知られたくない。

傭兵時代のトレードマークの髭も全て剃って、前とは風貌がかなり違う。顔見知りでなければ、今のオレを見ても気がつかないはず。

知らない人物であってくれ。そう願っている間に、騎士の顔が見えてきた。

「まさか……あいつは？　くそっ。最悪だな。まさかあいつが来るとは!?」

騎士はかなりの顔見知りだった。髭を剃った程度の変装では見破られてしまうであろう。

「何で、あの女が……あんな身分の高い奴が単騎で、こんな辺境に来たんだ？」

村にやって来たのは女の騎士であった。金髪の長い髪をなびかせている。

あいつは王国でもかなりの身分の者。何があったか知らないが、こんな地方回りをする地位ではない。

それにあの女とは少しだけ因縁がある。というか、かなり面倒くさい相手だった。とにかく、このまま大人しく帰ってほしい。

「そこをどけ！　私はオードルの家に、用事があるのよ！」

そんな時、女騎士が正門で叫ぶ。村長とのやり取りで、何かがあったらしい。

軍馬に乗って、村の中に侵入してきた。

「オードルの家は、あっちね。どいて！　私一人で行くわ！」

女騎士はかなり興奮していた。軍馬のまま、村の小道を駆けてゆく。その進行方向には、オレの住んでいる家がある。

「この時間帯は……まずい、マリアが家にいるはずだ!?」

そろそろ昼飯の時間。マリアもお絵かきの遊びから、帰宅している。ちょうど昼ごはんを用意しているタイミングだ。

「家に着く前に、あの女を止めないと……くそっ！」

事態は急を要する。オレは最大速度で一気に駆け出す。女騎士の進行方向に、先回りで向かってゆく。

とにかく家に着く前に、あの女騎士を止めないといけない。

「だが顔がバレるのは、マズイな。さて、どうしたものか……」

このまま女騎士の前に立ちはだかったら、正体がバレてしまう。『戦鬼オードルは生きていた！』と知られてしまう。

そうなったらかなり面倒なことになる。せっかくの静かな田舎ぐらしが、台無しだ。

何とかして正体を隠しつつ、あの女騎士の暴走を止めないと。何かいいアイデアはないか？

「ん？　ちょうどいいものがあったな。借りていくぞ」

途中の民家の外に、仮面を発見した。村の祭りで使う民芸品の仮面。目元をカラフルな仮面で隠すので、変装には持ってこいだった。

家の主に黙って借りつつ、走りながら目元に装備する。

「よし、これなら大丈夫だな」

この変装ならバレないであろう。仮面で変装して、女騎士の暴走を止めに向かうのであった。

◇　◇　◇

オレの家まであと少しの所、一本橋の手前で追いついた。

「ふう……お嬢さん。悪いが、ここから先は通行止めだ」

女騎士の前方に立ちはだかり、その行く手を遮る。

「怪しい奴め!? 私は王国騎士エリザベス！ そこをどけ！ 私はオードルの生家に用があるのだ！」

女騎士……エリザベスは自ら先に名乗ってきた。

わざわざ名乗ってきたということは、こちらの正体はバレていない。つまりオレの変装は成功したのだ。

「王国騎士のエリザベスさんだと？ そんな者が、この先の……オードルさんの生家に、何の用だ？」

エリザベスのことは、もちろんよく知っていた。だが今は仮面を被っているので、知らないふりをする。

あくまで善良な村人の一人として、その目的を尋ねる。いつもと違う口調に変えておく。

「目的だと!? そんな大事なことを、赤の他人に話す必要はない！ もう一度だけ警告してやろう。そこをどけ！」

エリザベスは剣を抜いて威嚇してきた。剣には殺気が籠《こも》っており本気だった。

こいつ……かなり興奮しているな。普段のエリザベス・レイモンドは、真面目で知られている女騎士である。こんな風に一般市民に剣を向けて、興奮したりしない。

もしかしたらオレがいなくなった後に、何かあったのかもしれない。だが、今は構っている場合ではない。

「オードルさんとは隣の家同士だった。従兄弟で、赤の他人ではない。だから村の掟で、ここを通すわけにはいかない」

そんな村の掟はない。エリザベスを通さないための詭弁《きべん》である。孤児であるオードルにも親戚などいない。

とにかくこの女騎士を、マリアがいる家に行かせるわけにはいかない。できればこのまま王都に帰ってほしい。

「えっ、オードルの従兄弟ですって!? そういえば体格も、あの人にそっくりね……で、でも私の邪魔はさせないわ！　これが最終警告よ……そこをどきなさい！」

説得は見事に失敗した。

エリザベスは軍馬から降りてくる。剣を上段に構えて、本気の殺気をぶつけてきた。

それは覇気を加えた戦場の殺気。普通の村人なら受けただけで、失神する強力な殺気だ。

（やれやれ……面倒なことになったな……）

説得が失敗してしまった。こうなったら力づくで止めて、気絶させて放り出すしかない。そのための手頃な得物を探すとするか。

おっ。いい感じの洗濯用の木の棒があった。ナイスタイミングである。

「そ、そんな木の棒で……王国騎士である私に、歯向かうつもりなの？」

「礼儀を忘れた愚かな騎士には、これで十分だろ？」

「キサマ……斬る！」

エリザベスはプツンと、切れてしまった。

棒切れを持ったオレに、本気で斬りかかってきた。上段の構えから、一気に間合いを詰めてくる。

（やれやれ。だが相変わらず神速の斬り込みだな、こいつは）

エリザベスのスピードに感心する。

こいつは女だが、天賦《てんぷ》の才をもった騎士。歳はまだ十六歳だったはず。

その若さにして王国で十本の指に入る、剣の実力を有していた。あと数年実戦の経験を積んだら、間違いなく五本の指に入る才能であろう。

何度も剣を交えたオレは、エリザベスの剣の才能を密かに評価していたのだ。

「これで終わりだぁ！」

そんなエリザベスの神速の剣によって、オレの木の棒が切断されてしまう。

おっ、斬られてしまったか？

たいしたものだ。今のは受け流したつもりだったんだが。

こいつ……前より腕を上げているな？

数ヶ月前に対戦した時に比べて、更に剣の質が向上している。

（『男子、三日会わざれば刮目《かつもく》して見よ』という東方の言葉があるが、女にも当てはまるものだな……）

思わず感心してしまう。この短期間でのエリザベスの急成長。棒を斬られて劣勢だが、思わず見入ってしまった。

「寝ていろ！」

エリザベスは剣の裏で、オレを攻撃してきた。

峰打ちという技だ。興奮していても、元は生真面目な性格。邪魔なオレを殺さずに峰打ちで昏倒させるつもりなのであろう。

相変わらず甘いというか、真面目な女。だが嫌いな性格ではない。

「そろそろ、いいか……」

相手の剣筋を見切り、オレは反撃を開始することにした。エリザベスの攻撃を、片手でひょいっと受け止める。

「えっ？」

エリザベスは目を見開き絶句する。

峰打ちとはいえ、騎士の打撃は骨をも砕く。それが片手で軽々と止められた……その事実を信じられずにいたのだ。

「さて……ちょっと、頭でも冷やしておけ、エリザベス！」

そのままエリザベスの身体を捕まえて、空高くほうり投げる。落下地点には小川をセットしておく。

「えっ？　えっ？　キャー!?」

混乱したままのエリザベスは、思わず女の叫び声を出す。そのままザブンと小川の中に落ちていく。

落下地点の水深はあるので、怪我はしていないであろう。それに闘気術を使いこなす騎士は、この程度では怪我はしない。あくまで頭を冷やすための投げ技だ。

「くっ……これは……」

おっ。案の定、すぐにエリザベスが立ち上がってきた。これで頭を冷やして、帰ってくれたらいいのだが。

「こ、この投げ技は覚えがあるわ……はっ!?　これはオードルの技!?　まさか、キサマ……お前は、オードル本人なのか!?」

しまった。

オレはやってしまったのだ。

この技でエリザベスを投げ飛ばしたのは、今回で三度目。同じ技を使ったことにより、バレてしまったのだ。

「い、いや……オレは……ボクは……オードルじゃ、ないもんさ」

目線をそらし、口調を変えてごまかす。マリアやフェンの口調を真似して、全力で他人のふりをする。

「今さらごまかしても無駄よ、オードル！　この私の剣を素手で受け止めて、あのように投げられる者なんて、この大陸でも鬼神オードル以外、いるはずないでしょう!?　さあ、オードル！　その仮面を取って説明してもらうわよ!?」

まったく仰《おつしや》るとおりだ。なんの言い訳もできない。

偽装工作は見事に失敗。女騎士エリザベスに、正体がバレてしまうのであった。

◇◇◇

あのまま道の真ん中にいると、騒ぎが大きくなる。オレの家の中に場所を移動して、エリザベスに事情を説明することにした。

「……という訳で、オレは国王に暗殺されそうになった。だから死んだことにして、故郷に戻ったのだ」

王都で起こったことを正直に話す。

だが国王に粛清されそうになったことを、エリザベスは信じてくれるであろうか？

何しろ、こいつは真面目な性格の女。しかもエリザベスは公爵令嬢。国王の姪っ子にあたるお姫様なのだ。

王家に心酔するあまり、変な態度を取らなければいいが。話をしながら警戒をしておく。

「……やっぱり、そうだったのね……」

話を黙って聞いていたエリザベスが、変な動きをする。いきなりプルプルと肩を震わせ始めたのだ。

「やっぱり、そうだったのね！　鬼神オードルは死んではいなかったのよ！　だから私は言ったのよ！　あのオードルは火事ごときで、全身が焼けようとも死なないと！」

エリザベスは急に立ち上がり叫び出す。天を仰いで、誰かに向かって勝利の宣言をしている。

こいつ……大丈夫か？　小川に落ちたショックで、頭でも打ったのではないか？

「わ、私は正常よ、オードル！」

どうやら正常だったらしい。興奮して絶叫してしまったのであろう。

「相変わらず面白いやつだな。だが、どういう意味だ、エリザベス？」

エリザベスは真面目だが、昔から一直線に突き進む不器用な性格だった。まあ、昔といってもこいつを知っているのは、五年ほど前からだが。

とにかく叫んだ理由を聞こう。

「『戦鬼オードルは火事で死んでいない！』と私は信じていたのよ」

「ほう？　見事な予想だったな。他にも同じ考えの奴がいたのか？」

オレは火事で死んだことになっていた。

だから気になる。エリザベスと同じ考えの者が、王都には他にもいるのかと？

「王国の連中は〝オードル死亡説〟を信じていたわ。何しろ焼死体があったからね」

「なんだと？　オレのか？」

「そうよ。体格まで似ていたから、信憑性《しんぴょうせい》は高かったわ」

なるほど。オレを襲撃した奴らは、そんな死体まで用意したのか。

焼け跡から死体が見つからなかったから、慌てて用意したのであろう。王都の地下の墓地を開ければ、似たような骨はいくらも見つかるからな。

「それにしてもエリザベス。お前はよく見抜いたな？　オレが生きていたことを？」

そのことは話の当初から疑問であった。

この女は生真面目な性格で、頭もいい。だが真っ直ぐな性格ゆえに、策略には向いていない。

それなのにオレが生き延びていることを、どうして見抜いたのであろうか？

「そ、それは……オードルを信じていたからよ。あなたは私に勝った、唯一の人《おとこ》だから……」

エリザベスは顔を真っ赤にして、下を向いて答えてきた。なぜ急に恥ずかしそうにしているのだ？

とにかく先ほども言ったが、こいつとは少なからず因縁がある。最初の出会いは五年前。オレが王国に雇われたばかりの時、エリザベスは一騎打ちを挑んできたのだ。

当時のエリザベスは弱冠十一歳だったが、すでに普通の騎士以上の強さを身につけていた。だから腕試しで〝鬼神オードル〟に挑んできたのだ。

その時の勝負の結果だと？

もちろんオレの圧勝だ。さっきと同じように素手で、エリザベスを城の堀に放り投げてやったのだ。

まあ、それ以来……顔を合わせるたびに、この女は真剣勝負を挑んできた。くされ縁という関係かもしれない。

だからオレの強さを『エリザベス・レイモンドより強い鬼神オードルは、火事ごときでは死んでいない』と評価して、オレの死を疑っていたのであろう？

「ま、まあ、そんなところね。オードルは、いつかこの私が倒して、約束を守ってもらうんだから……」

「約束だと？」

「わ、忘れたの？　忘れてしまったの？　勝ったら『私の言うことを何でも聞いてくれる』という、私が十四歳の時の、あの真剣な約束を!?」

エリザベスとの二年前の約束？　そういえば剣の勝負のどさくさに、そんな約束を押しつけられたな。

「良かった……覚えていてくれたのね。私は本気よ。あなたを倒して、お嫁さんにしてもらう願いを、叶えてもらうんだから……」

エリザベスは更に顔を真っ赤にして、もじもじしている。最後の方は小声すぎて聞こえない。

まあ……オレが負けることは、あと二十年はないであろう。オレの身体が年齢で衰えた時ぐらいだ。

そうなったら人生に未練はない。エリザベスの好きにさせてやろう。

「そういえば、エリザベス。お前はどうやって、この村を嗅ぎつけた？　誰にも言っていなかったはずだが？」

もう一つ気になったことを尋ねる。

オレがこの村の出身であることは、王国の誰も知らないはず。用心深いオレは痕跡も残していない。それなのにエリザベスは、単独でここに駆け付けた。理由を探っておく必要がある。

場合によっては今後も、王国の連中が来る危険性があるのだ。

「よくぞ聞いてくれたわね！　私がオードルの故郷を探しあてた冒険譚《たん》を、聞きたい？」

「ああ。だが出来れば短めに頼む」

「それなら話してあげるわ！　そう、あれは長い旅の道のりだったわ………」

エリザベスの話は長時間にわたりそうだった。最後まで聞いていたら、明日の朝になってしまう。

だから簡潔にまとめてもらうと、おおよそは次のようなルートであった。

◇

・王都でオレが死んだことに、エリザベスは疑問をもった
↓
・オードルの火事の真相を調査する
↓
・同時にオードルの生家を探す
↓

・オードル傭兵団の後を追って帝国領土に潜入
↓
・オードル傭兵団と接触。有益な情報を仕入れる
↓
・情報をもとに対象となる地域をしらみつぶしに調査。小さな村から大きな街まで全部
↓
・ついにオードルと風貌がよく似た人物の情報を得る
↓
・夜通しで馬を走らせ、今日この村にたどり着いた

◇

こんな感じの一ヶ月に渡る物語であった。

「たいしたものだな、エリザベス。よく、捜し当てた」

「女の勘と愛の力よ！　他の者には一生かかっても無理ね！」

愚直なエリザベスならではの、探索方法だったのであろう。たしかに他の連中には無理な作業だ。

とにかくこれで一安心。他の王国の騎士は、ここまでたどり着けないはずだ。

「話の中で一つ気になることがある。オードル傭兵団の連中は、今は帝国領内にいるのか？」

会話の中にオードル傭兵団……自分の元部下たちの話があった。

王国がどうなろうと関係ないが、自分の部下たちは別。オレの暗殺事件以降の部下のことが、少しだけ気になっていたのだ。

「オードル傭兵団なら、身の危険を感じて、帝国に亡命しているわよ。向こうでも元気にしていたわ」

エリザベスから元部下のことを聞いていく。

オレの焼死は、明らかに怪しいところがあった。だからオードル傭兵団は、火事の直後に王都を脱出したという。

向かった先は、ライバル国である帝国。そこに自分たちを売り込んで、傭兵団ごと仕官したという。

「なるほど、そういうことか。相変わらず、したたかな連中だな」

そのまま連中が王都に残っていたら、国王から攻撃を受けていた可能性が大きかった。

帝国への亡命は見事な状況判断である。部下の機転の良さに、元団長として嬉しく思う。

それにアイツ等ならオレがいなくても、帝国で上手くやっていけるであろう。今まで、部下を厳しく育ててきた甲斐があった。

「なるほど、これで大体の話は分かった」

エリザベスの話で知りたかったことが判明した。

『王国からの追跡者は、この村にたどり着く確率は低い』と『残してきた部下たちは、全員元気でやっている』。

　この二つを聞けただけでも大収穫。今回のエリザベスの強襲は、差し引きでプラスかもしれない。

「ところで、オードル。私からも聞いていていい？」

「ああ、何でも聞いてくれ」

　エリザベスからは情報を提供してもらった。ギブ＆テイクの精神にのっとり、何でも質問に答えてやるつもりだ。

「先ほどから、そこで覗《のぞ》いている幼女は、誰なの？」

　聞いてきたのは、隣の部屋にいるはずのマリアのことだった。好奇心が旺盛なマリアは、さっきから隠れてこちらをチラチラ見ている。

　ちなみにオレとエリザベスの会話の音量には、細心の注意を払っていた。だからマリアに会話を聞かれた心配はない。

「ああ、そうだったな。マリア。入ってきていいぞ。お客様に、挨拶をするんだぞ」

　難しい話は終わった。もう入ってきてもいいだろう。

「わかった、パパ！　はじめまして、マリアです！　おきゃくさま、こんにちは！」

　マリアはトコトコと歩いてきた。エリザベスの前まで進むと、ペコリと頭を下げて自己紹介をする。

　我が娘ながら今日も、天使のような笑顔である。

「なんて可愛い！　私の名前は、エリザベス・レイモンドよ。こちらこそ、よろしくね」

　エリザベスもマリアのことを気に入っていた。頭をナデナデしながら、嬉しそうにしている。

「それにしても可愛らしい子ね？　オードルと同じ美しい銀艶《シルバー・シルク》色の髪の毛で、それに、オードルのことを〝パパ〟と呼んでいて……ん？　ん？　えっ？　パパ!?」

　そこでエリザベスの笑顔は固まる。言葉を止めて、何かに気がつき顔が硬直していた。

「マ、マリアちゃん？　もう一度、オードルのことを呼んでみてちょうだい？」

「うん、いいよ！　おーどるパパ、だよ！　マリアのだいすきなパパだよ！　えへへ……」

　少し照れながらも、マリアはちゃんと答えられた。

　さすがオレの自慢の娘。大好きなパパと紹介されて、さすがのオレも照れてしまう。

「えっ？　このオードルの……娘？」

「うん、そうだよ！」

「そ、そんな………バタン！」

　エリザベスは白目をむいて倒れてしまった。気を失っている。マリアの存在に驚いてしまったのであろうか？

「パパ。このお姉ちゃん、たおれちゃったよ？」

「ああ、パパに任せておけ」

　急いでオレの闘気術で、エリザベスを起こしてやる。

　だがマリアの事情を説明するのは、少しだけ手間がかかってしまうのだった。

「……という訳だ。オレは結婚などしていない。こいつはオレの娘の可能性が高いが、妻など知らない」

「そうだったのね……ということは……オードルは未婚。独身……それなら安心したわ、オードル！」

事情を説明したら、なぜかエリザベスは機嫌よくなってしまった。オレが未婚なことが、とても重要だったらしい。

相変わらず、よく分からないヤツである。

「そういえば、エリザベス。お前は帰らなくていいのか？　親が心配しているぞ」

変な奴だがエリザベスは、レイモンド公爵家の三番目の娘である。王位継承の可能性も低いが、一応はお姫様。王都でも〝剣姫〟と呼ばれ、騎士からの人気も高い。

普通はこんな辺境に、一人で来ていい身分ではない。

「実は私は爵位も捨てて家出してきたのよ。だから帰る家はないの……」

エリザベスは正直に白状する。

一ヶ月前、置手紙をして家出をしてきたという。

「つまり今のエリザベスは、無職で家無しか。今後はどうするつもりだったんだ？」

「それは考えていなかったわ。オードルを捜すことで、頭がいっぱいだったから……」

なるほど、そういうことか。相変わらず周りが見えなくなるほどの、一直線な性格である。家出をしてきた公爵令嬢など、今まで聞いたこともないぞ。

だがこれは困った話だ。このままエリザベスを放り出すのは危険。オレの生存と居場所が、どこでバレてしまうか分からない。

かと言って〝口封じ〟をするのは、オレの主義に反する。さて、どうしたものか……。

ん？

そうだ。あるアイデアが浮かんできたぞ。

「おい、エリザベス。お前は教育者としての指導は、今まで受けていたよな？」

「ええ、もちろんよ。上に立つ公爵家の一員として、ちゃんと学んできたわ」

やはりそうだったか。

上級貴族は統治者としての教育を受けている。エリザベスも教養を身につけているのだ。

それなら話は早い。

「オレからの提案だ。行く先が無いなら、この村に住まないか？　子どもたちを教育する教師を探していた。住む家は……そうだな、しばらくはこの家の空いている部屋に、置いてやる」

「オードルと一緒に住めるですって!?　ええ！　教師でも何でも、この私に任せてちょうだい！」

エリザベスは二つ返事で了承した。満面の笑みで教師を引き受けてくれた。

これはオレにとっても、かなり好都合。エリザベスの口封じをすると同時に、教育者も見つかった。

これぞまさに一石二鳥。全ての問題が一気に解決できたのだ。

「やった！　エリザベスお姉ちゃんが、うちに！　マリア、うれしい！」

「〝エリザベスお姉ちゃん〟ですって？　ええ、その響きいいわ！　マリアよ、もっと呼んでちょうだい！」

「エリザベスお姉ちゃん♪」

なぜか知らないが、女同士で盛り上がっている。マリアが喜んでいるので、放っておいてもいいであろう。

（やれやれ……賑やかになりそうだな……）

こうして我が家に新しい居候……三人目の家族が増えるのであった。

オードルの「呪い」

戦鬼オードルの活躍のお蔭で、王国には平和が戻る。

だが国王は再び戦を起こそうとしていた。せっかく有利に結べた休戦協定を破棄。

愚かにも隣国の帝国領に、再び侵攻しようとしていた。

◇◇◇

「陛下！　もう一度、お考え直しを。せっかく休戦協定を結べたのに、また戦をする意味はありません！」

愚策を決断した国王に対して、王国の軍師は進言する。今は戦争をするよりも、疲弊した国土を復興するのが優先だと。

「ふん、臆病者め！　こんな時だからこそ、戦をするのじゃ！　今度こそ帝国の領土を奪って、たっぷり賠償金を請求するのだ！　そんな簡単なことも分からんのか!?　軍師のくせに、この愚か者め！」

だが国王は聞く耳を持たなかった。

何故なら王国にとって、戦争は大切な国策の一つ。国王は抱えている騎士や貴族に、給与や領土を与えなくてはいけない。

そのためには新しい領土や金が必要。だから帝国に進攻しようとしていたのだ。

何より勝ちえた賠償金で、王の私腹を肥やすのが、今回の開戦の一番の理由である。

「ですが陛下！　帝国軍は手強いです。残念ながら今の当軍の戦力では、負ける確率が高いです！」

軍師も引き下がらなかった。

何故ならここで侵攻しても、王国軍が負けるのは必至。単純な国力は帝国軍の方が上。

先日の決戦で王国が勝てたのは、一人の傭兵団長の存在があったからだなのだ。

「お聞きください、陛下。オードル殿が事故死した今、帝国軍に勝てる要素はありません！」

軍師が口に出したその漢《おとこ》の名は、〝戦鬼〟と呼ばれた傭兵オードル。一騎当千の彼の働きのお蔭で、王国はこの五年間、勝つことが出来ていたのだ。

「オードルじゃと!?　あの男の名を出すな！　あの男は死んだのじゃ！　あんな下賤な傭兵がいなくても、我が栄光ある王国は大陸最強なのじゃ！」

オードルの名前を聞いて、国王は態度を急変させる。目を血走らせ鼻息を荒くして、髪をむしり出す。かなり興奮した状態だった。

「ですが、陛下……」

「もう、いい！　おい、こいつを幽閉しておけ！　不敬罪じゃ！」

反論する軍師を捕らえるように、護衛の兵士に指示を出す。軍師は取り囲まれて、そのまま牢屋へと連れていかれる。

（クソっ！　どいつもこいつも『オードル殿！　オードル様！』と言いやがって……）

王都の多くの者は、オードルの焼死を嘆いていた。その証拠に焼け落ちた館の前には、今でも多くの献花が供えられている。市民や一兵卒の連中の間では、オードル人気が高いのだ。

（それにワシの可愛い姪っ子エリザベスまで、ヤツを捜しに家出をしてしまった……くそっ！）

公爵令嬢のエリザベスが王都から消えたことは、国王にとっても衝撃的な事件であった。『オードルを捜しに行く。さようなら』という書き置きは、王家内だけの極秘事項とされている。

（あんな傭兵ごときが不要だったことを、これからワシ自ら証明してやるのじゃ！）

こうして戦は再び引き起こされる。国王自らが大軍を率いて、帝国領へと侵攻をしていくのであった。

◇◇◇

それから二週間後。

帝国との戦いは、あっという間に決着がつく。

結果は王国軍の惨敗。

国境沿いの草原での戦いで、王国軍は敗れてしまった。軍を率いていた国王は、帝国軍の将軍に捕まったのだ。

その後は莫大な身代金を支払い、なんとか国王は解放されるのであった。

◇◇◇

「くそっ！　くそっ！　なぜじゃ……なぜ、こんなことになったのじゃ！」

王都に戻った国王は、乱心状態に陥っていた。

何しろ今回の惨敗により、王国軍は多くの戦力を失ってしまった。また帝国に支払った身代金は、国王の財産の半分以上を占める。

更に国王が個人的に所有していた銀山を、帝国軍に賠償の名目で奪われてしまったのだ。

「ワシの……ワシの大事な財産が……」

帝国からの要求は断ることは出来なかった。何故なら、次にまた戦争になれば、王国が負けて領土を取られてしまうからだ。

その後、更なる不運が国王を襲っていく。

『だから言ったでしょう、陛下。オードル殿がいない今、王国は終わりだと。さようなら』

戦の後、軍師がそう書き置きを残して、どこかに消えていったのだ。

これは大事件であった。何しろ今まで軍師のお蔭で、国内のバランスを保ってきた。王国は軍事だけではなく、内政の力も失ってしまったのだ。

『では我々も去らせていただきます、陛下。オードル殿が生きていれば、違う未来もあったのでしょうが……』

『オードル殿が生きていた時と、今の王国は月とスッポン。さらばです、王様』

悪いことは連鎖する。軍師に続いて、他の騎士や文官たちも王国を去っていった。

これにより王国は更に人材不足に陥る。もはや戦争をしている場合でなくなったのだ。

「な、なんじゃと……なんじゃと……どいつも、こいつも、オードル、オードルと……」

バタン！

津波のように押し寄せてきた不幸に、国王は倒れてしまった。

ストレスにより脳がパンクしてしまったのである。

「くそ……これもオードルの呪いなのか……」

だが倒れた国王は知らなかった。

オードルを粛清した報いが、まだ終わっていないことを。

国王への更なる不幸が、この先に待ちかまえているのであった。

第五章

　エリザベスが村に住み着いてから、二週間が経つ。剣姫のお嬢様は、順調に村に馴染んでいた。

「次はこの森を開拓すればいいのね？　この私に任せてちょうだい！」

　今日もエリザベスは、村外れの開拓に勤《いそ》しんでいた。木を斧で切り倒し、農具で木の根を掘り上げていく。

　これは大の大人でもかなりの重労働。だが剣姫と誉れ高いエリザベスは、高位の闘気術の使い手。圧倒的なパワーでドンドン開拓していく。

「いやー、エリザベスさんは凄いですなー！」

「ああ、そうだな！　あんなに別嬪《べっぴん》さんなのに、こんなにも働き者で！」

　一緒に開拓している村人たちは、そんなエリザベスに感心していた。

　二週間前、この剣姫は完全武装の軍馬で登場して、村を混乱に陥れた。だが今は、そんなことを忘れさせるくらいに、エリザベスは村の発展に尽くしていたのだ。

「さすがはオードルさんの従妹さん、働き者ですね」

「まったく、そうですね、オードルさん！」

そう……エリザベスはオレの従妹だという設定で、村人たちに説明していた。

これなら先日の騒動も『親類の内輪騒ぎ』として説明できる。しかも一緒に住んでいても、不思議ではないからだ。

我ながら上手い設定だと思う。

まあ、本来なら孤児であるオレに、従妹がいるのはおかしい。だが辺境に住む村人は、そんなささいなことは気にしないのだ。

「おい、エリザベス。そろそろ終了の時間だぞ」

「ええ、分かったわ、オードル。もうそんな時間なのね？」

昼の休憩の時間になった。作業をしていたエリザベスに、休憩を促す。

いくら闘気術で身体能力を強化しても、疲労は蓄積していく。定期的に休憩を挟んで、体力と気力の回復をしないといけない。

それにエリザベスの闘気術はスピード強化型。あまり力仕事を連続でさせられない。

「それにしても、オードル。開拓作業は思ったよりも楽しいわね？　働き者の私は、いいお嫁さんになると……ねえ、そう、思わない？」

エリザベスはこちらをチラチラ見ながら、何かを言ってきた。モジモジしながら、顔を赤らめている。

この女は真面目で働き者。だが、たまにこんな感じで、不思議な言動が多くなる。

「ああ、そうだな。エリザベスは良い嫁になれると思うぞ」

「本当、オードル!?」

「だがエリザベス、普通の村の嫁は、大木を一撃で切り倒したりしないぞ」

「えっ？　そうだったの!?」

エリザベスは絶句しているが、あまり気にしないでおこう。適当に返事をしておく。

「パパ！　エリザベスお姉ちゃん！　おべんとう、もってきたよ！」

『ワン！』

そんな時である。マリアがトコトコとやって来た。昼飯の弁当を作って、フェンと持って来てくれたのだ。

ナイスタイミング。ちょうど腹が減っていたところだった。

さっそく弁当をいただこう。エリザベスも加えて、三人と一匹でランチタイムとする。

「ん？　これは立派だな。マリア、お前一人で、この弁当を作ったのか？」

「うん、パパ！　そうだよ！　がんばって、つくったんだよ！」

弁当はかなり本格的なものであった。

村で作っているパンに、具材を挟んだサンドイッチ。しかも可愛い花を添えて、可愛らしく飾ってあった。

「これは、たいしたものだな、マリア」

「ほめてくれて、ありがとう、パパ。マリア、うれしい！　エヘヘヘ……」

弁当の出来を褒められて、マリアは恥ずかしそうに嬉しがっていた。

　だが、実際にマリアの弁当は凄い。普通は五歳の幼女に、こんな可愛らしい弁当は作れないであろう。もしかしたらマリアは弁当作りの天才なのかもしれない。

「ねえ、オードル？　大丈夫？　せっかくなので、早く食べましょう？」

「ああ、エリザベス。そうだな」

　マリアの弁当に見惚れて、オレはどうやら意識が半分飛んでいたらしい。

「では、いただきます」

「「いただきます！」」

　名目上の家長であるオレの挨拶に、マリアとエリザベスも続く。『いただきます』は食材の命を『ちょうだいする』という、そんな感謝の意味もある。

『ワン！』

　ああ、フェンも家族の一員だったな。安心しろ。お前の分のサンドイッチもちゃんとあるぞ。

　みんなで森の木陰に座り込んでいるから、ピクニック気分なランチタイムである。

「みんなと食べると、おいしいね、エリザベスお姉ちゃん！」

「そうね、マリア。あら、ほっぺに、ソースが付いているわよ？　はい、いいわよ、マリア」

「とってくれて、ありがとう！」

　マリアとエリザベスは村での名目上、姉妹ということにしてある。だが、出会ってからあっという間に、本当に姉妹のように仲良くなっていた。

『ワン！』

「フェン、おかわり？　マリアと半分こしようね」

『ワン！　ワン！』

「えっ、フェン!?　それは私のサンドイッチよ!?　ちょっと、待つのだ、フェン！」

そんな二人にイタズラをするのは食いしん坊のフェン。今もエリザベスのサンドイッチを泥棒していく。

「エリザベスお姉ちゃんもフェンも、かけっこガンバレー！」

そんな二人を見て、笑顔で応援するマリア。晴天の下、のんびりした空気が流れていく。

これぞ田舎暮らしの骨頂。王都の喧噪《けんそう》から解き放たれた環境で、自然に囲まれ、穏やかな暮らしだ。

「さて、昼の休憩が終わりだ。午後の仕事にはいるぞ」

そんな楽しい昼休みも終わりとなる。少し寂しいが、田舎暮らしは逃げていかない。食うためには、午後も働かないといけないのだ。

「エリザベスは今日も、学校の方を頼んだぞ」

「わかったわ、オードル！　子どもたちの教育は、このエリザベス先生に任せてちょうだい！」

村の学校の計画は、順調にスタートしていた。

数日前からエリザベスが教壇に立ち、村の子どもたちに勉強を教えている。勉強を学ぶ建物は予定通り、一週間前にオレが一人で建てていた。

「エリザベスお姉ちゃんの、さんすう、こくご。たのしいよ、パパ！」

「ああ、そうか、マリア。それは良かったな」

村の学校で教えているのは、算数と国語の二教科である。

国語は読み書きの基本を、算数は簡単な足し算と引き算から、スタートしていた。

これらの教育の件は、村長の了承も得ていた。一日一時間午後の時間を、勉強の時間にしたのだ。

「マリア。子どもは勉強も大事だが、遊ぶことも大事。友だちと仲良くするんだぞ」

「うん、わかった、パパ！」

勉強の時間は、あえて一時間と少な目に設定していた。

何しろ子どもの本分は遊ぶこと。勉強はあくまでも補助的なものなのだ。

「さて、オレは村長の所に行ってくる。後は頼んだぞ、エリザベス、フェン」

「この私に任せておけ！」

『ワン！』

この二人に任せておけば、有事の際も大丈夫であろう。

呼ばれていた村長の家へ、オレは向かうのであった。


村長の家に移動して、今日の相談を聞いていく。

「山賊が出ただと？」

「ああ、そうじゃ。隣村に行ったトムが、襲われて逃げてきたのじゃ……」

話によると隣村へ続く峠道に、山賊団が住み着いていたという。襲われた村人トムは、何とか無事に逃げてきたが、相手は問答無用で襲ってきたという。

「それはマズイな、村長」

「ああ、そうじゃ。隣村との物流が途絶えたら、大変じゃ」

この村は自給自足の生活だが、近隣の村と多少の交流もある。自分たちの村では生産できない日用品や嗜好品を、近隣の村との交易で手に入れていたのだ。

「たしか隣村は、今の時期は、ハチミツが旬だったな？」

「ああ、そうじゃ。今回もトムが逃げ帰ってきたから、こっちにはハチミツの在庫はない」

隣村のハチミツは、独特の甘みがあって美味い。それが今年は手に入らないのか。

（これは困ったことになったな……）

この村では甘いものが少ない。マリアは甘いものが大好きで、今回のハチミツの到着を楽しみにしていた。

食べられなくなったと知ったら、どんな悲しい顔をするか？　想像もしたくない。

「よし。オレが山賊をなんとかしよう」

「おお、オードル、感謝する！　村の男衆を、何人か連れていってもいいぞ！」

「いや、オレ一人で大丈夫だ。じゃあ、さっそく準備して行ってくる」

村長の申し出を断る。

何故なら今回の山賊退治は、あくまでも個人的な理由で行う。マリアに悲しい顔をさせないためだ。それに普通の村人では、オレの動きに付いてこられない。単独で行った方が、手っ取り早いのだ。

村長の家から、真っ直ぐ学校に向かう。

「……という訳で、出かけてくる」

ちょうど授業が終わって出てきた、マリアとエリザベスに事情を説明する。

幼いマリアを心配させる訳にいかない。あくまで『隣村に荷物を取りに行く』と伝えておく。

「ねぇ、オードル……荒事？」

「ああ、そうだ。山賊を退治しにいってくる」

エリザベスは勘付いて、小声で尋ねてきた。仕方がないから説明をしておく。

「それなら私も同行するわ？」

「心配無用だ。お前は学校の仕事と、マリアの護衛を頼む」

同行の申し出を断る。

たしかに剣姫エリザベスは戦力になるであろう。だが彼女には教師という大事な仕事がある。それに留守の間、村とマリアのことを守って欲しかった。

《それならボクが付いていく、ワン！》

いつの間にか足元にいたフェンが、こっそり念話で提案してきた。フェンが白魔狼であることは、まだエリザベスにも言っていない。

《そうだな。フェンならいいか》

《やったー、ワン！》

エリザベスがいたらマリアの護衛は万全だろう。フェンを連れていくとするか。

それにコイツをそろそろ鍛えてやらないと、白魔狼としての誇りを忘れてしまいそうだからな。

「オードル、念のために、私の武器を持っていってちょうだい」

エリザベスは完全武装で、この村に乗りこんできた。槍《やり》に剣、弓矢と大盾、騎士鎧。彼女の武器は、オレの家に保管してある。

「武器か……それなら、お前の短槍を借りていこう」

山賊程度なら素手でも問題ない。だが武器があった方が、何かと格好もつくであろう。

エリザベスの短槍だけを借りていくことにした。

「じゃあ、パパ。気をつけてね！」

「ああ、マリア。すぐに帰ってくる」

準備を終えて、マリアと別れの挨拶をする。この笑顔を見るために、さっさと仕事を終わらせて帰宅せねば。

「じゃあ、フェン、行くぞ」

『ワン！』

こうしてオレはフェンと山賊退治に出かけるのであった。

◇◇◇

村長からの情報を元に、山岳地帯を移動していく。

「村人のトムが襲われたのは、この辺りだな」

隣村へ続く峠に到着する。ここから先の探索は、勘がものを言う。

「ということは地形的に、あっちの方角に根城があるはずだ。フェン、どうだ？」

『遠くに人の集団の匂いがするワン！』

オレの読みはドンピシャだった。上級魔獣であるフェンの嗅覚は鋭い。それを頼りにして、山岳地帯を更に進んでいく。闘気術を使った高速移動だ。

「ところで、フェン。もう少し速く駆けられないのか？」

『無理を言わないでよ、オードル。これでもボクは全力だワン！』

白魔狼族のフェンの足は速い。だがオレの強化した足に、追いつけないのだ。

これはいかんな。移動しながらフェンのことを鍛えてやらないと。

「フェン。お前は走る時に、どこに意識を集中している？」

『えっ？　特に意識はしていないけど、しいて言えば……足かな？　だって速く走るには、足でしょ！』

やはりそうか。

フェンはまだ幼い白魔狼。身体の使い方が、上手くないのであろう。

「いいか、フェン。走りながらよく聞け。たしかに走る時に使うのは足だ。だが実際には全身の力を集約して、生き物は大地を駆けているんだぞ？」

これは傭兵時代に学んだ理論。東方出身の剣士から学んだ、独自の歩行術である。彼らは全身の力を無駄なく使うことにより、滑るように見事に駆けるのだ。

『全身の？　集約して？』

「イメージできないか？　それなら少しだけ脱力しろ。頭の中でイメージするんだ……自分が〝野原を駆ける風〟であるというイメージを」

『風？　えー、そんなので速く走れるはずないよー、オードル』

「では、ここにお前を捨てていくぞ」

『わかったよー。ダメもとで、やってみるワン。よし。ボクは〝野原を駆ける風〟……ボクは〝野原を駆ける風〟……ボクは〝野原を駆ける風〟……』

ぶつぶつ言いながらも、フェンは従う。オレの言うことを復唱しながら、集中力を増していく。

何度か復唱していった、その時である。フェンの全身から、無駄な力が抜けた。

〝ヴォン！〟

直後に風が走る。フェンが一気に加速して、オレを追い越していったのだ。

『えっ？　えっ？　凄い！　見て、オードル！　ボク、風みたいに速く駆けているよ！』

まさかの速さに、フェン自身が驚いていた。

コツを摑んで、自由自在に走り回っている。木々の間を本当の風のように駆けていく。

（驚いたな。これがフェンの……白魔狼族の本当のスピードか）

予想以上の呑み込みの早さであった。まさか教えた直後に、コツを掴むとは思ってもいなかったのだ。

（もしかしたらフェンも〝天才〟……というやつかもしれんな）

どんな種族にも、生まれ持って天賦の才を持つ個体がいる。

人族にはエリザベスのように、剣の才能を生まれ持った者。フェンも白魔狼族の中では、特殊な存在なのかもしれない。

『ほら、見て、見て、オードル！　ボク、こんなにも速く……ウギャ!?』

褒めていた直後。調子に乗って駆けていたフェンが、木の幹に衝突する。情けない声を出して、その場で転げ回っていた。

前言撤回。

フェンは天才かもしれんが、お調子者。これからも厳しく鍛えていこう。

（……ん？）

そんな時である。前方から複数の気配を感じた。

「お遊びはここまでだ、フェン」

駆ける特訓をしていたら、いつの間にか接近していた。前方にボロボロの山小屋が見える。

『痛てて……あれが山賊の根城だね……』

武装した集団の姿も確認できた。様子から間違いなく目当ての山賊であろう。

「どれ、数はどうだ？　ふむ。三十人ちょっとか」

闘気術で五感を強化して、相手の戦力を測る。山賊は中規模なものだった。

『どうするの、オードル？　奇襲をかけて殲滅しちゃう？』

フェンは鋭い牙を見せて提案してきた。獣らしい攻撃的な作戦だ。

「そうだな、フェン。それも有りだな」

この大陸では残虐な山賊は、捕まったら打ち首獄門と決まっている。

だから村の自警団が、山賊を殺しても罪にはならない。オレたちが山賊に奇襲をかけていいのだ。

「たいした奴はいなそうだな」

気配を察知した感じでは、山賊の中に腕利きは皆無。オレとフェンが奇襲をかけたら、数分で全滅できるであろう。

「だが無駄な殺生はしたくない。作戦を変えるぞ」

ちまたで戦鬼と呼ばれているが、オレは快楽殺人者ではない。

もしかしたら山賊の中には、何か事情を抱えている者もいるかもしれない。全滅させる前に、状況を確認しておきたいのだ。

「という訳で、とりあえず正面から挨拶に行ってくる」

『正面から!?　正気、オードル!?』

「フェンはそこで待機だ。異変があったら突撃していいぞ」

山賊団の内情に興味がある。賊の根城を、単身で訪れることにしたのだ。

それからしばらく経つ。

オレは三十人以上の山賊に包囲されていた。

「こいつ、バカじゃねぇのか!?」

「そうだな！　いきなり一人で来て、説教を始めて、頭がおかしいんじゃないか？」

「さっきの行商人みたいに、細切れにして魚のエサにしちまおうぜ！」

「おい、オレたちにも切り刻む場所は残しておくんだぞ！　げっへへへ……」

残念ながら山賊たちは揃いも揃って悪党だった。聞いてのとおり、人殺しを何とも思わない連中だ。

その証拠に根城にある荷馬車には、多数の死体があった。状況的に通行していたところを襲われたのであろう。生きている者は一人もいない。

つまりこいつらは極悪非道の山賊団だったのだ。

「おい、こいつを殺したら、また近くの村を襲いにいこうぜ！」

「ああ、そうだな！　この前偵察した感じだと、牛舎がある豊かな村があったな！　あそこを襲おうぜ！」

「そいつは楽しみだ！　また老人と男は皆殺しにして、女を遊び道具にして宴だな！　うぐっひひ……」

更に最悪な連中だった。牛舎がある村……なんとオレたちの村を襲おうとしていたのだ。

おそらくはオレが仕事に行っていたタイミングで、先行隊が偵察にきていたのであろう。

偵察に勘付けなかったことは、オレも反省しかない。帰ったら村の自警方法について、改善をする必要がある。

「という訳で……」

村の警備が心配になってきた。仕事を終わらせて帰還しよう。

「早めに終わらせてもらうぞ」

オレは短槍を構える。エリザベスから借りてきたものだが、さすがは公爵令嬢の武器。品質はかなり良い。

これならオレが思いっきり振り回しても、すぐに折れることはないであろう。

「おいおい、今の聞いたか？　こいつヤル気まんまんだぞ？」

「早めに終わらせるだと？　笑わせてくれるな……」

山賊たちは大笑いし始めた。だがそんな戯《ざ》れ言に構っている暇はない。オレは早く村に帰りたいのだ。

《フェン、始めるぞ》

《えっ、オードル!?　いきなり!?》

フェンの念話の返事が届いたころには、もう戦いは始まっていた。

いや。これは戦いとは呼べないのかもしれない。

何故なら山賊たちは反撃すら出来なかった。一方的にオレに殲滅されていったのだ。

◇　◇　◇

戦いは終わる。

「ふう……これで終わりか」

時間にして二分ちょっと。

三十四人いた山賊団、最後の一人に止めを刺す。もちろん逃した者は誰もいない。

何しろこいつらは、オレの村を襲おうとしていた。山賊討伐のセオリー通りに、全滅させたのだ。

『ちょ、ちょっと、オードル！　ボクの出番が無かったんだけど!?』

参戦するタイミングを逃したフェンは怒っていた。

何しろオレの槍の攻撃範囲は凄まじい。間合いを見切れないフェンは、近づくことも出来なかったのだ。

「すまないな、フェン。戦いの指導は今度してやる。それよりも索敵していくぞ」

盗賊を全滅させたが、念のために周囲も調べていく。今後の憂いを断つために、他に賊の根城がないか、今のうちに調べておくのだ。

『わかったワン！　ところでオードル。この金品はどうするの？』

山賊たちが貯めこんでいた金目の物を、フェンは見つけてきた。

ここに流れてくるまでに、略奪行為を繰り返してきたのであろう。かなり量の金品があった。

「そうだな。ここに捨てて行っても、他の山賊の資金になるだけだ。仕方がない、村に持ち帰ろう」

この大陸では賊の遺品は、討伐した者に所有権がある。だからオレが持ち帰っても問題はない。

特に金には困っていないので、村に寄付でもしよう。

死んだ行商人の残した荷馬車と馬がある。荷物はこれに載せていけばいいであろう。

「さあ、荷馬車に載せるのを手伝え、フェン」

『えー、面倒くさいなー』

「そんなことを言うな。手伝ってくれたら、駄賃をやるぞ?」

『お金? ボクはお金は好きじゃないワン』

フェンは金品に無関心。野生の獣なので仕方がないであろう。

「いいのか、フェン? 人の世界では、金品は食い物と交換できるんだぞ?」

だがオレは知っている。フェンは食いしん坊であることを。

『えっ、そうだったの!? それならボクも手伝うよ!』

まったく、こいつは、調子がいいな。まだ育ち盛りの二歳の子どもなので大目に見てやろう。

「さて。さっさと積んで、マリアの元に戻るとするか」

こうしてオレは無事に山賊を退治。ついでに金品も手に入れて、村に帰還するのであった。

第六章

山賊の退治から一週間が経つ。

危険な賊を退治して、村には平和な風が流れていた。

そんな中。問題を解決するために、オレは行動を起こしていた。

「では、これから自警団の訓練を始める」

「「「オードルさん、よろしくお願いします!」」」

オレの目の前に、十数人の村人がいた。彼らは村の青年たち。

問題とは、先日の山賊事件で露呈した〝村の自衛力〟の弱さである。村長に相談したところ、解決するために自警団を設立することにしたのだ。

教育係は流れでオレになっていた。

「先日の山賊は、運よくオレが退治できた。だが今後も同じようなことは起きるであろう。そのためにお前たちに頑張ってもらう」

自警団の設立の趣旨を、青年たちに説明する。

オレが村にいる時は、大規模な賊が襲撃してきても問題はない。だが留守の時に襲われたら、被害者が出てしまう。

事前に防ぐためにも、青年たちに頑張ってもらうのだ。

「今回、声をかけてもらい、オードルさんには感謝しています！」

「オレたち、村を自分たちの力で、家族を守りたいです！」

全員が趣旨に賛同してくれた。何しろ辺境の村は、常に危険に怯えて暮らしている。

山賊団や獣の群れの襲撃など危険と背中合わせ。この故郷の村を守りたいと、青年たちは前から思っていた。

『大切な者を守りたい』ことが、戦士にとって一番の力の源。自警団の士気は最初から高い。

「ですが、オードルさん。オレたちは素人です」

「今まで剣を持ったこともなければ、人を斬ったこともありません」

青年たちが心配するのは無理もない。彼らの多くは農民や木こりである。

農作業や林業で、基本的な筋力はある。だが戦いの訓練を受けたことはなく、実戦での不安が多いのだ。

「オードル。彼らの言うとおりよ。本当に大丈夫なの？」

側《そば》で見ていたエリザベスも、心配そうにしていた。ちなみに彼女は特別アドバイザーとして参加してもらっている。

「不安は理解できる。だから今回は、お前たちでも扱える武器を用意した」

青年たちの不安は想定したこと。事前にオレは用意しておいた武器を、全員の前に出していく。

「これは……槍ですか、オードルさん？」

「あと、こっちは弓ですか？　変な形をしていますが？」

青年たちは興味津々に、武器を手に取り確認する。

「あれ、剣は無いですね？」

「そう言われてみれば、たしかに無いな？」

「槍と変な弓だけだな？」

この大陸で武器といえば、剣が主流である。剣がないことを、青年たちは不思議がっていた。

「オードル、なぜ槍なのよ？　剣の方が何かと便利よね？」

エリザベスも不思議がっていた。たしかに騎士も剣で戦う者が多い。

この疑問も想定内。全員に順番に説明してやろう。

「今回は剣を使わない。村の自衛には、この槍の方が便利だからだ」

あえて剣を用意していなかった。

何故なら今回は村の自衛が目的。素人の場合、槍の方が何かと便利なのだ。

今回用意した槍の利点を、全員に説明しておく。
・剣よりも間合いが長い
・剣に比べて訓練期間が短くてすむ
・村の地形的に、防衛戦は槍の方が有利
・いざという時は遠距離用に、投擲で攻撃もできる。

・槍の方が簡単に安く製造できる利点もある
　パッと思い浮かんだだけでも、槍の良い点はこれだけある。

　もちろん槍にもいくつの弱点はある。接近戦や横からの奇襲などには弱い。

　だが今後は村の周りに柵を設置する予定だ。弱点もある程度はカバーできるであろう。

　とにかく村を自衛するには、現時点では槍が効果的なのだ。

「なるほど……オードルさんの言うとおりかもしれないな……」

「ああ、そうだな。農作業をしていたから、この槍なら何とかいけそうな気がするよな……」

　青年たちは槍を構えながら、利点を理解してくれた。

　理解力は武器を使う上で、一番大事なこと。武器の長所と短所を、使う本人が知っておく必要があるのだ。

「なるほどね。素人には剣よりも、槍の方が有効という訳ね。さすがはオードルね！」

「そうだな、エリザベス。傭兵の新人にも、槍術は有効だったからな」

　たしかに剣は見栄えのいい武器である。騎士たちには必須であろう。

　だが栄光ある騎士とは違い、傭兵は勝ってなんぼの世界。オレたち傭兵は生き残るために、効率的に武器を選んでいたのだ。

　さて、槍の説明は終わった。次は弓の話に移ろう。

「次にこの弓の説明をする。その前に、お前……こっちの普通の弓を射ってみろ」

　弓は比較させることで、理解してもらう。手前にいた青年に、違う狩り用の弓矢を手渡す。『奥の的に向かって、矢を当ててみろ』と指示する。

「オードルさん。農民のオレは弓矢なんて、使ったことありませんが……」

「そうだろうな。だからお前を選んだ。いいから、本気で狙ってみろ」

「はい、分かりました。では……えい！」

青年は不格好な体勢で、矢を放つ。予想通り、矢は明後日の方向にヘロヘロと飛んでいく。

「あっはは……お前、下手だな！」

「うるさい！　お前だって、出来ないだろう！」

「そうだな……あっはは……！」

青年たちは茶化し合っているが、結果は予想通りだった。

何しろ弓矢の技の習得には、長い年月と経験が必要となる。普通はこのように、まともに引くことも出来ない。

弓矢は戦では強力な武器である。だが一人前に育てるのには数年の歳月がかかるのだ。

「では次はこれで、あの的を狙ってみろ」

「えっ、この変な弓ですか？　分かりました。でもオードルさん、これは、どうやって……」

実験台になった青年は、見たこともない弓の形に戸惑っていた。

「こっちは簡単だ。今度は横にして、この標準の先に、あの的がくるようにしろ」

「なるほどです……はい、的が真ん中に見えました」

普通の弓は縦に構えるが、オレの用意した弓は違う。横に寝かせて狙うように説明する。

「そのまま右手の引き金を引け」

「はい、分かりました。いきます……わっ!?」

青年が引き金を引いたと同時に叫ぶ。発射の反動で、大きな衝撃を受けたのだ。

〝バン!〟

その直後、遠方の的が砕け散った。青年が発射した矢が、見事に的を射抜いたのだ。

「おおお! すげぇ!」

「金属板の的を貫通したぞ!?」

「しかも練習もなしで、一回目で当たったぞ!?」

見ていた青年たちは、今度は感嘆の声を上げる。

先ほど大失敗した仲間が、今後は見事に成功させた。見たこともない破壊力に、誰もが驚いていたのだ。

「オードルさん……この弓は、いったい……?」

「これは弩《クロスボウ》という弓だ」

驚く青年に弩《クロスボウ》について説明をする。

今回用意したのは、大陸の西方の民族が使う機械式の弓矢だと。

これは素人でもかなり使いやすい。最初に弓の弦《げん》を巻き上げておくために、難しい弦を引く作業が無い方式なのだ。

そして何より革命的なのが、簡単な射撃方法。普通の弓矢を射れない素人でも大丈夫。先ほどのように標準を合わせるだけで、的を射ることができるのだ。

さらに巻き上げ式の力を利用するために、威力も凄い。騎士の金属製の鎧すら貫通する破壊力を、有しているのだ。

「これは……凄いですね……弩《クロスボウ》……」

「ああ、これならオレたちでも、扱えるな……」

「そうだな。これで村の家族を、賊から守れるな……」

弩《クロスボウ》の有効性と破壊力を理解して、青年たちは心を震わせていた。今まで無力な彼らは、山賊など野蛮な力に従うしかなかった。

だがこれからは違う。大事な家族や子供たち。そして自分の想い人の女性を、自分の手で守ることが出来る。

見えてきたその未来への自信が、青年たちの魂を震わせていたのだ。

「いい目だな。これなら大丈夫そうだ」

そんな若者たちの顔を見ながら、オレは確信する。武器は、人を傷つける以外の使い道はない。

だが同時に大切な者を守ることも出来る。それをどう使うかは、武器を手にした者の意思が決める。

この青年たちの顔を見ていたら、今後の村の未来は明るいであろうことが予想できた。

「ところでオードルさん。この槍と弩《クロスボウ》は、どこから持ってきたんですか？」

「そう言われてみれば確かに？」

青年たちが疑問に思うのも、無理はない。

この辺境の村には、武器防具屋は存在しない。あるのは農具や林業に使う、生活道具を作る鍛冶場だけなのだ。

「ああ、これか？　これは全部、オレが作った」

武器の製造の技術は、傭兵時代に習得していた。弩《クロスボウ》の極秘の製造技術も、親しい西方民族から教わっている。

その知識を思い出して、鍛冶場を借りて一人で製造したのだ。

「「えっ!?　オードルさんが一人で!?」」

そんなに驚くことか？

身体能力や集中を強化する闘気術を使えば、鍛冶作業も一気に行える。先日の山賊から回収しておいた武器を再利用。木材もこの村にいくらでもある。

材料はちゃんとあり、奇術を使った訳でない。何も驚くことはないであろう。

「ちょっと待って、オードル!?　驚くことばかりよ!?」

説明を聞いてエリザベスが突っ込んできた。

「こんな短期間で、これほどの数の槍と弩《クロスボウ》を製造できるのは、大陸広しといえど、オードルだけよ!?」

「そうなのか、エリザベス？」

「ええ、そうよ。まったく自覚がないというか……規格外というか。オードルには驚かされてばかりだわ……」

エリザベスが唖然としているが、そうだったのか？　まあ、質に関しては本物の武器職人には敵《かな》わないがな。

「す、凄すぎます……オードルさん！」

「よく分からないけど、凄すぎます！」

青年たちは目を輝かせていた。尊敬の眼差しで、こちらを見つめてくる。悪い気はしないが、少し照れくさい雰囲気だ。

「よし、最後の仕上げをする」

自衛のための武器は揃った。

だが、これからの厳しい訓練を乗り越えていくために、もう一つ大事なものがあった。

「最後に確認する。お前たちは、本気で村を守りたいか？　命を賭けても守る覚悟があるか？　ある者だけ前に出てこい」

「「はい、もちろんです！」」

自警団の全員が前に出てきた。誰もが覚悟を決めた顔をしている。

「いい顔だ。それなら覚悟を見せてもらおう。全員そこに一列に並び、手をつなげ」

戦いには強靭《きようじん》な力が必須である。だが素人の青年たちには力が足りない。だから青年たちを整列させたのだ。

青年たちは不思議そうにしながらも、一列に手をつないでいく。

「よし。では全員目をつぶれ。いくぞ。少し痛いが我慢しろ。これも村を守るためだ」

「えっ？　痛いんですか、オードルさん？」

青年たちが何事かと呆気にとられていた。

だがここから先は少し強引な作業になる。彼らの質問を無視して、オレは先頭の青年の手を握る。

「いくぞ！」

練り上げた闘気を、一気に流し込んでいく。

「「っん!?　んぎゃあ!?」」

直後。青年たちは苦痛の絶叫を上げる。激痛に苦しみ、その場で転がり回る。誰もが身体を押さえながら、悶絶《もんぜつ》していた。

「ふう……相変わらず、痛そうだな。まあ、少し経てば、痛みもひく。安心しろ」

オレの言葉の通り、しばらくして青年たちの悶絶の時間は終わる。何事もなかったように痛みは消えて、全員は立ち上がる。

「オ、オードルさん……今の痛みは？」

「そ、それに……オレ、なんか不思議な感じします？」

青年たちは不思議そうな顔をしていた。自分の身体の中に込み上げてきた、何らかの力に戸惑っている。

「その力はお前たち自身の〝闘気〟だ。今は目覚めたばかりで小さい。今後はそれも鍛えながら、自衛の技も身につけていく」

全員に説明する。先ほど青年たちに流し込んだのは、オレの闘気の一部だと。少しだけ覇気が扱えるようになるのだ。

「ねえ、オードル……今の話は本当!?」

「ああ、そうだ。それがどうした、エリザベス？」

「こんな大人数の闘気を目覚めさせたの!?」

説明を聞いていたエリザベスは、一人だけ驚愕《きょうがく》していた。こんな破天荒な開眼方法は、今まで聞いたことがないと。

「本気だ、エリザベス。これは東方出身の修行僧から学んだ技だ」

簡単に説明をしておく。闘気術は地道な鍛錬を積むことにより、数年かけて開眼する。

だが、この方法を使えば、短期間で開花させることができるのだ。もちろん開花させただけで、その後は地道な鍛錬が必要となる。

何より先ほどのような激しい痛みを伴う荒療治。『村を守りたい！』という強い意志が無ければ耐えられない、強引な開花方法だったのだ。

「まったく凄すぎるわ、オードル。驚きすぎて、笑うしかないわ。こんな方法があるなんて……」

「弱点としては、かなり負担がある。オレも気軽には使えないがな」

「当たり前よ！　こんな大人数に闘気を開眼させてしまうなんて、オードル以外は不可能よ！　誰でも出来たら、大陸の勢力図が一気に変わってしまうわ！」

エリザベスが言うように、闘気術は使い方が難しい。簡単に開眼できるならば、強力な兵士集団が誕生してしまう。

今回は村の自衛力を上げるために、少しだけ奮発したのだ。

「おい、お前たち。試しに、その槍を振って、的を突いてみろ」

そろそろ全員の闘気が安定したであろう。青年たちに戦いの講習をしてみる。

「はい、オードルさん！　はっ！」

「これは……おお、凄い！　自分の身体じゃないみたいに、動ける！」

「この力は何だ……重い槍を軽々と振り回せるぞ！」

「これが……オレたちの身体に眠っていた、本当の力なのか……」

槍を使い、青年たちは驚いていた。闘気を開花させたことにより、身体能力が上がっていたのだ。

さすがにエリザベスのような騎士並の力はない。だが山賊程度なら蹴散らせる戦闘力を、身につけていけるであろう。

自警団専用の武器と身体を強化する闘気。さて、準備は整った。

「それでは戦いの鍛錬を始めるぞ。オレの訓練は厳しいぞ。覚悟しておけ！」

「「はい！　よろしくお願いします！」」

こうして村の自衛力を高めるために、青年を鍛える日々が始まるのであった。

◇　◇　◇

青年たちの訓練を開始してから、数日が経つ。自衛のための訓練は順調に進んでいた。

「よし、今日はここまでだ！」

「「オードルさん、ありがとうございます！」」

今日も二時間の訓練が終わったところ。訓練の時間は一日二時間と決めていた。

何しろ青年たちは、他の村の仕事も抱えている。自衛の訓練は、あくまでも空いた時間で行うのだ。

訓練のあと、片づけをしながら青年たちは雑談していた。

「そういえば、オレ、最近、身体の調子がいいんだぜ！」

「なんだ、お前もか!?　オレも疲れなくなったぞ！」

「たしかに！　辛い農作業も、楽になったよな！」

青年たちは笑顔であった。

闘気の初歩を学んだことにより、彼らの身体能力は強化されていた。お蔭で村の仕事も、かなり楽になってきたのだろう。

（村の作業の向上か……これは嬉しい誤算かもな）

そんな雑談を聞きながら、オレも嬉しくなる。

農地の開墾、燃料とする樹木の伐採など。辺境の村の仕事は重労働なものが多い。だが闘気を開花したことにより、村全体の労働力が向上していたのだ。

大牛の農機具パワーを使うことにより、村の生産性はかなり向上していた。それに続いて今回の青年たちの開花。村に大きな恩恵を与えていたのだ。

「さて、オレは別の仕事に向かう」

青年たちへの訓練が終わった。村の近隣の森へと向かうのであった。


訓練の後。森の中でオレは一人で、黙々と作業をしていた。

大斧で木を切り倒し、森を開拓していく。倒した樹木の枝を整え、真っ直ぐの丸太に加工。

この作業を機械のように、ひたすら繰り返していく。

「ふう……よし。まずは、これで大丈夫か」

数十本の木を切り倒したところで、ひと息つく。

闘気術を使って身体能力を強化しているとはいえ、なかなかの肉体労働。水を飲んで休憩する。

「何の音がするかと思えば、やっぱりオードルだったのね?」

そんな休憩時間。エリザベスがふらりとやって来た。

オレが木を切り倒す音を、聞きつけてきたのであろう。

「ねえ、オードル?　この丸太の山は何?」

「よくぞ聞いてくれた。これは村を囲うための防衛柵だ、エリザベス」

コツコツと切り倒し作っていた物は、柵のための丸太だった。丸太の所々は加工して、柵として組み立てられるようにしている。

「防衛柵……?」

「ああ、外敵の侵入を防ぐ柵だ」

この村は今まで、外部からの侵入に対して無防備すぎた。賊が多方面から攻め込んでくる危険性もあった。

そうなったらオレ一人だけでは、手に余る。だからオレは作り始めたのである。村を囲う防御用の柵を。

「この広い村の周りを、全部囲うですって？　本気、オードル？」

「ああ、本気だ。材料の原木は森に腐るほどある。それに簡易的な柵だ。それほど難しい作業ではない」

エリザベスがまた絶句しているが、今回作っている柵はそれほど複雑なものではない。

丸太を組んで作った簡易的な柵。高さは大人の背丈の倍以上。山賊が相手なら、これで十分であろう。

外敵を柵で防いでいる間、時間さえ稼げればいい。その間に、槍と弩《クロスボウ》で反撃の態勢を整える。

これで村の防衛力は、少しは強化されるであろう。

「でも簡易的と言っても、この村はかなり広いわよ!?」

「全部を囲う必要はない。地形を利用して、最低限の防衛ラインを作るつもりだ」

この村は高低差がある地形だ。だから柵の設置個所は、最低限の侵入ルートを塞ぐだけでいい。

崖や深い川の部分は、低い柵で大丈夫だ。

そうだな。全部で数百本の丸太があれば大丈夫であろう。オレの作業のペースでいけば、十日もかからず完成する予定だ。

「たった一人で、そんなに大量に……相変わらず凄すぎるわね」

だが今回はさすがのオレも、一人では重労働だ。

そうだ。エリザベスに協力をしてもらおう。

何しろコイツも王国屈指の闘気術の使い手。丸太の数本は一気に運べるはずだ。

「手伝うのはいいわ。でも私はオードルと違って、そこまで怪力じゃないわよ！　うら若き乙女なのよ！」

言われてみれば、たしかにそうかもしれんな。

エリザベスの闘気術は、スピードに特化している。それに年頃の少女は、丸太を担ぎたくないのであろう。

「では、丸太を運ぶのはオレが行う。エリザベスは斧で木を切り倒す作業を、手伝ってくれ」

「その位ならお安いご用よ。うら若き乙女の私でも可能ね。この私に任せてちょうだい！」

斧で大木を切り倒すのは、剣の鍛錬にもなる。エリザベスの鍛錬になり、これまた一石二鳥だ。

だが……エリザベスは気が付いていない。普通のうら若き乙女は、斧の一撃で大木を切り倒せないことに。

まあ、その辺は突っ込まないでやろう。

とにかく役割分担が決まった。

エリザベスがドンドン木を切り倒して、丸太に加工する。オレが数本ずつ運んで、村の周囲に突き刺していく。

ひたすら、この作業の繰り返しである。

「さあ、休憩も終わりだ。いくぞ」

「ええ、任せて、オードル！」

こうしてオレたちは防衛の柵を作っていくのであった。


それから数日が経つ。

予定よりも早く、防御柵の設置作業が完了した。

「ふむ。想像以上にいい感じだな」

完成した柵を眺めながら、オレは満足感に浸る。

村の周囲を取り囲んだ柵は、予想以上の完成度であった。その様は傭兵時代の堅牢な砦《とりで》を彷彿《ほうふつ》させる。

「お疲れ様、オードル。でも、ちょっとやり過ぎじゃない？」

「そうか？　だが今後は、これをもっと改造して、強化していく予定だ」

エリザベスは唖然としていたが、防衛の柵は更に改造していく予定。

今後は要所に、見張り櫓《やぐら》を追加設置。村の入り口には、開閉式の門も設置したい。

また村の地形を使って、各所に罠も設置する予定。罠は初見では見破ることは不可能。外部の集団が攻め込んできたなら、人的被害を覚悟して欲しい。

「そこまで強化するの？　完成したら王国の砦並の堅牢さになりそうね？」

「たしかに、エリザベスの指摘通りかもな」

この村は予想以上に、守りの戦いに適した地形だった。今後は砦並の防衛力となるであろう。

「ちなみに村の暮らしのことも、考えている。生活は今まで通り……いや、今まで以上に快適に暮らせるぞ」

村を取り囲む柵は、かなり余裕をもって設置していた。柵の中には畑や小川、牛舎もあるので、今まで通りに仕事できる。

また村の人口が増えた時のために、予備の土地も用意。臨機応変に対応できる。

ちなみに今回の柵の設置は、村長にも事前に許可は得ていた。村人からも『賊に怯えず、安心して暮らせます！』と感謝されていた。

「まあ、オードルのやることに、私もいちいち驚くのは止《や》めにするわ。とにかく、この村を陥落させるのには、数百の兵が必要になりそうね……」

エリザベスは苦笑いをしながら、村の光景を眺めていた。剣姫と呼ばれる腕利きを感心させたことで、オレも満足な完成度である。

「わー、パパ！　すごく大きいね！　すごい！」

そんな時。マリアが柵の近くにやってきた。完成した防御柵を、村の子どもたちと見学にきたのだ。

「これすごいね！」

「大きな木の壁だね！」

子どもたちは巨大な防御柵の光景に、目を輝かせている。好奇心旺盛な年ごろには、面白そうに見えるのであろう。

「マリア、見に来たのか？　だが見学したら、村の中心に戻るんだぞ」

「うん、わかった、パパ！」

子どもが成長するためには、好奇心は必須。だが自分の娘となると、どうしてもハラハラしてしまう。オレも心配性になったものだ。

「そうだ、マリア。マリアたちにもプレゼントがあるぞ」

「プレゼント？　なに、パパ!?」

今回作ったのは防御柵だけではなかった。余った材木を使って、オレはある物を作っていたのだ。

「さあ、こっちの広場だ」

マリアたち村の子どもたちを、村のある場所へと案内していく。

これから見せるプレゼントは、今日の午後にオレがこっそり組み立てていた。だから学校に行っていたマリアたちは、その存在に気が付いていない。

「さあ、これだ」

目的地に着き、マリアたちに公開する。目の前には木材の建造物があった。

「えっ？」

「すごい！　すごい、楽しそう！」

「これは、なに、パパ⁉」

子どもたちはプレゼントを見て驚いていた。まだ使い方が分からない。だが子どもの本能で、楽しそうな建造物だと感じているのだ。

「これは遊具だ。子ども用なので、お前たち専用だ」

オレが密かに作ったプレゼントは、数種類の木材の遊具だった。

ブランコや滑り台、ロープ上り、シーソー、丸太渡り、巨大ハンモックなど……子どもが好きな遊具ばかり。

大陸各地で見たことがある遊具を、オレが再現したもの。柵の余剰材木とロープで作っておいたのだ。

もちろん子どもが使っても安全なように木材は加工。木の枝や尖った部分を削って、丸みを帯びさせていた。

これなら幼いマリアが使っても、怪我をすることはないであろう。先ほどの木の柵よりも、何倍も丁寧に加工していた。

「すごい！　すごい！　ねえ、パパ。遊んでもいい？」

「ああ、もちろんだ」

マリアは目を輝かせて、身体をうずうずさせていた。皆で仲良く遊ぶんだぞ。

「やったー！　みんな、遊ぼう！」

「「そうだね、マリアちゃん！」」

マリアに従って、子どもたちは遊具にダッシュしていく。

遊び方はシンプルなので説明は不要。初めて遊ぶ遊具を、誰もが楽しんでいた。

『ワン！　ワン！』

いつの間にかフェンも来ていた。子どもたちのはしゃぐ声に、釣られてきたのであろう。

「なんだ、フェン？　お前も遊びたいのか？　ああ、いいぞ」

『ワオーン！』

許可を出すと大喜びで、フェンも遊具に駆けていく。

上位魔獣の白魔狼でも、まだ幼い二歳。子ども心を全開にして、マリアたちと楽しそうに遊び始める。

〝ごくり〟

隣の剣姫から、唾を飲み込む音が聞こえる。遊具で遊ぶマリアたちのことを、羨《うらや》ましそうに見つめていた。

「なんだ、エリザベス？　お前も遊具で遊びたいのか？」

「そ、そんな訳ないわよ、オードル!?　わ、私は栄光あるレイモンド家の淑女のエリザベスよ……」

その割には、本当に羨ましそうな顔をしている。

よく考えたらエリザベスも十六歳の少女。遊びたい盛りを我慢して剣の修行や学問に勤しんできたのだろう。

「ふう……それなら、エリザベス。遊具の安全の点検を、お前に頼んでもいいか？」

「安全の点検ですって!? ええ、任せてよ! このエリザベス・レイモンドに任せてちょうだい!」

そう言い残すと、エリザベスはダッシュで遊具に駆けていく。

満面の笑みで遊具の遊びを、満喫し始める。安全点検のことを忘れるくらいに楽しんでいた。

マリアやフェン、エリザベスと村の子どもたち。全員が本当に楽しそうに遊んでいた。

「やれやれ、騒がしくなったな」

村に必要なのは自衛の力や、防衛用の柵だけではない。

住んでいる者が幸せに暮らす環境が、一番必要なのかもしれない。

「だが、こういう光景も悪くないな……」

こうしてオレは皆の笑顔を見つめて、一日の疲れを癒すのであった。

第七章

遊具広場が完成してから、数日が経つ。

オレの作った遊具は連日、村の子どもたちに人気だった。

「マリアのパパ！　ねえ、見てよ！　こんなに高いところに、登ったよ！」

「ボクもだよ！」

ロープ上りをマスターした子どもたちは、嬉しそうに見せつけてくる。最初は怖がっていたのに、見事な成長の早さだ。

「ねえ、パパ。マリアも上手く、上れるようになったよ！」

なんとマリアまで、ロープ上りをマスターしていた。まだ五歳なのに大したものだ。服を汚しながら笑顔で楽しんでいる。

こうして見ると、マリアは運動神経がいいのかもしれない。父親であるオレに似たのだろうか。

これは密かに嬉しいことである。

よし。

今度また新しい遊具を増設しておこう。飽きないようにバリエーションを増やしてやらないと。

マリアの喜ぶ顔が目に浮かぶ。

「遊ぶのもいいが、ちゃんと勉強もしておくんだぞ、マリア」

「うん、パパ！」

子どもは遊ぶのが仕事だが、将来のために勉強も大切。一日のスケジュールを守るように、マリアに伝えておく。

ちなみに以前に比べて、子どもたちの労働の時間は減っていた。これは村の生産性が向上した恩恵である。

最近は大牛と農機具で、村の重労働が楽になった。また村の青年団が覇気を開花させて、格段に頼りになっている。

そして何よりオレとエリザベスの存在がある。二人とも高いレベルの闘気術の使い手。労働力としては百人以上の価値がある。

これらの改革のお蔭で、子どもたちの自由な時間が増えたのだ。

「そういえば、マリアちゃんが村に来てから、毎日が楽しいね！」

「そうだね！　マリアちゃんと、マリアちゃんのパパが来てから、楽しいことばかりだね！」

「ご飯の量も増えて、幸せだよね！」

子どもたちが喜んでいるように、村の生活レベルは向上している。

正直なところオレが帰郷した時は、痩せた子どもも少なくなかった。辺境の村の暮らしは、どこも苦しいのである。

だが今では食べ物に困る子どもは皆無。大牛の飼育と森林の農地開墾による、食料の安定供給。誰もが腹いっぱい食べられる村になっていたのだ。

「さて、オレも遊んでばかりいられないな。村長の家に行くとするか」

今日は久しぶりに呼び出しがあった。どんな用件があるのであろうか?

オレは村長の家に向かうのであった。

いつものように村長から、村での問題について相談される。

「なんだと、ジイさん? 村の鉱山に、得体のしれない獣がいるだと?」

「ああ、そうじゃ。鉱夫のジョージが見たんじゃ」

この村の外れには、小さな鉱山があった。

鉱山といっても、岩山にあった洞窟を切り開いた小規模なもの。生産量も少なく、昔から村で使う鉄を使う分だけ掘っていた。

「鉱山か……それはまずいな、ジイさん」

「ああ、そうじゃ」

鉱山が使えないとなれば、鉄が産出できない。鉄はいろんな道具の材料となる。

鍋や包丁などの調理道具。鎌や鍬《くわ》などの農機具。斧や鉈《なた》などの伐採道具など。

鉄はあらゆる村の必需品に使われているのだ。

とにかく獣について、情報収集をしておく必要があるな。

「どんな獣か聞いているのか、ジイさん？」

「ジョージの話だと、細長くて大きい影を見たという……。〝シュルシュル〟という鳴き声を聞いて、怖くて逃げてきたんじゃと」

なるほど。鉱山の中は薄暗い。足場の悪い鉱山の中で、そんな不気味な獣を見たら、誰でも逃げ出す。

逃げてきたジョージの判断は、間違っていない。お蔭で貴重な情報も得られた。

「よし。そいつの退治は任せておけ、ジイさん」

「おお、やってくれるのか、オードル!?」

「ああ、鉱山は村の生活でも大事だからな」

最近、マリアは料理を上手く作れるようになってきた。そのため新しい調理鍋が欲しいと思っていたところだった。

マリアの手料理を食べることを、獣ごときで断念するわけにいかない。

「じゃあ。鉱山に行ってくる」

「ああ、頼んだぞ、オードル！」

こうして鉱山の謎の獣退治に、オレは出かけるのであった。

「さて、その前に、アイツ等にも声をかけていくか」

鉱山に向かう前に、自宅に寄っていく。

「おっ、いたな。エリザベス、出かけるぞ」

その人物はエリザベス。家で暇そうにしていた剣姫に声をかける。

今日は安息日で学校もない。教師役のこいつも今日は暇なのだ。

「えっ？　オードルと出かけるですって!?　もしかしたらデートの誘い!?　もちろん行くわ！」

外出と聞いて、エリザベスは満面の笑みになる。久しぶりの外出に喜んでいるのであろう。可愛い女物の服に着替えようとする。

「もう少し動きやすい服にしてくれ。あと武装もだ」

「えっ？　武装？　デートじゃないの？」

エリザベスは何やら勘違いしている。訂正してやらないといけない。

「デートだと？　獣の討伐だ。動きやすい服と装備にしておけ」

「なんと……でもオードルと出かけられるのは、嬉しいわ！　よし、武器を用意してくるわ！」

何か勘違いして残念そうにしていたが、エリザベスは腕利きの騎士。気持ちを切り替えて、出かける準備をし始める。鉱山に潜入することは、後で伝えておこう。

さて。もう一人、同行者にも声をかけておこう。

《フェン……聞こえているか？　美味い干し肉があるぞ》

《聞こえているワン！　今すぐダッシュで向かうワン！》

もう一人の同行者はフェン。念話で誘ったら、風のように駆けつけてきた。

エリザベスも準備を終えて戻ってきた。これで討伐隊の全員が勢ぞろいだ。

「……という訳で、この三人で鉱山に獣退治に向かう」

「鉱山に獣退治ですって？　オードル、私は問題ないけど、どうして子犬のフェンも連れていくの？」

フェンが白魔狼であることを、エリザベスはまだ知らない。見た目は小さな子犬の同行。不思議に思うのも無理はないであろう。

「フェン、そろそろ、打ち明けてもいいぞ」

『分かったワン！　よろしく、エリザベス！』

オレの指示を受けて、フェンが口を開く。いつもの犬の鳴き声ではなく、共通語で自己紹介する。

「フェ、フェンが喋った!?」

普通の犬だと思っていたフェンからの、まさかの流暢な共通語。エリザベスは目を見開いて驚く。

「今まで内緒にしてすまない、エリザベス。実はフェンは上位魔獣の白魔狼族の……」

驚くエリザベスに、フェンの事情を説明していく。

フェンは上位魔獣の白魔狼族の子供だと。両親を黒魔狼族に皆殺しにされた孤児であり、大きく強くなるまでは村では、白犬として育てていると。

この話は他の誰にも聞かれないように、周囲の気配は探知済みである。

「そんな……こんなに幼いのに……家族を皆殺しにされて……なんと可哀想な……フェン……」

オレの話を聞きながら、エリザベスは大粒の涙をこぼして号泣していた。

いつもは天真爛漫なフェンに、そんな辛い過去があった……共感して涙を流しているのだ。

「だから、エリザベス。今後もフェンのことを、村のみんなに内緒にしておいてくれるか？」

「ええ、もちろんよ！　フェンのことは、このエリザベス・レイモンドに任せてちょうだい！」

共感したエリザベスは、フェンを抱きかかえて誓う。共に戦う戦士として、仲良く暮らしていくことを。

抱きかかえるついでに、フェンのふかふかの背中に顔をうずめている。

こいつ……どさくさに紛れて子どもみたいなことを。まあ、素直に理解してくれたことは、有りがたい。

「あと最初に言っておく。今回の獣退治で、オレは戦わない。フェンとエリザベスにしてもらう。これは修業の一環としてな」

フェンのことを鍛える。出会った時に約束をしている。だから今回の獣退治は、うってつけのタイミングだ。

エリザベスは同行者ということで、頑張ってもらうことにする。こいつも丸太相手に斧を振るうだけでは、剣の腕が鈍っているであろう。

『修業！　やったワン！』

「私も構わないわ。でもオードル。たかが獣が、我々の相手になるの？」

エリザベスの指摘は、もっともである。

子どもとはいえ、フェンは上位魔獣の白魔狼。エリザベスも剣姫と呼ばれる剣の達人。普通の獣では、この二人には修業にはならないのだ。

「その心配は無用だ。鉱山に行けば分かる」

鉱山の謎の獣の正体には、見当がついていた。当たっていれば、二人のいい修業相手になる。

「さあ、いくぞ」

こうしてオレたち三人は、鉱山に潜入していくのであった。


村外れの鉱山へと到着する。

「ここが鉱山？　ずいぶんと小規模ね、オードル？」

「そうだな、エリザベス。王国の国営鉱山に比べたら、小規模だな」

松明《たいまつ》をもって鉱山の中に入っていく。坑道を進みながら、エリザベスと情報を共有。もちろん周囲の警戒は欠かしていない。

「奥行きもなく、もう少しいったところで、行き止まりだ」

「オードルはここに入ったことがあるの？」

「ああ。子どものころにな」

この鉱山は、小さいころに何度か入った経験がある。本当は村の規則で、子どもは立ち入り禁止。

だが子どもというのは好奇心の塊。孤児だったオレは、ここを遊び場の一つとしていたのだ。

「ここは昔とまったく変わらないな……」

二十年以上前のことが、昨日のように思える光景が広がっている。

当時は意味もなく、この鉱山に浸っていた時期があった。鉱夫の真似ごとをして、ツルハシで岩を掘り進んだこともある。懐かしいな。

「へえ…オードルの幼少期？　どんな子供だったの？」

「どんなって、普通だ。木剣で大木を切り倒す遊びや、狼の群れを倒す遊びをしていただけだ」

こうして思い出すと、懐かしい幼少期。持て余していた力を発散させるために、とにかく暴れ回っていた。

「えっ……木や狼の群れを？」

「そうだ。四歳くらいの頃だったか」

「やはり……まったくオードルの話には、驚かされてばかりね……」

エリザベスは諦め顔で苦笑いをしている。もしかしたら普通の子どもは、しない遊びなのか？

そういえばマリアたち村の子どもも、誰ひとりそんな遊びをしていないな。まあ、これも時代の流れということにしておこう。

「さて。ここから先が鉱山の最深部だ。二人とも警戒を強めろ」

そんな雑談をしていたら、目的地に到着した。鉱山の最深部である。

「ええ、まかせて！」

『分かったワン！』

謎の獣には、まだ遭遇していない。鉱夫ジョージの話では、この最深部で獣を見たという。

オレたち三人は警戒をしながら、調査を続けていく。

「ん？　これは……？」

オレはある場所で足を止める。

獣の気配ではない。掘りかけの坑道の奥に、気になる岩を見つけたのだ。

「これは、もしや？」

見つけたのは岩肌の変化であった。見逃してしまうくらいに小さなもの。独特の光沢をしている。

なるほど。謎の獣の正体は、オレの予感が的中しそうだ。

（ん？　これは？）

その時、異様な気配を感じた。

「おい、気を付けろ！　くるぞ！」

すぐさま二人に警告する。横穴から、何者かが接近してきたのだ。

「なんですって、オードル!?　私は何も気配を感じないわ？」

『ボクの鼻もだよ!?』

二人はまだ相手の接近を、感知していなかった。

だがオレの警告に従って、臨戦態勢をとる。オレを先頭にして、逆三角形の布陣を組む。

「相手は気配や匂いを感じにくい相手だからな。さあ、見えるぞ」

その直後。横穴から巨大な獣が、音もなく姿を現す。

松明の明かりに照らされて、その全容が見えてくる。大木のように巨大な獣。かなりの大きさだ。

「……これは大蛇？　でも、それにしては大きすぎるわね」

『グルル！』

あまりの巨大さに、エリザベスとフェンは驚いていた。これほど大きくて禍々《まがまが》しい蛇は、二人とも見たことがないのだ。

「あれは普通の大蛇ではない。上位魔獣の鉄大蛇《てつだいじゃ》だ」

出現した大蛇は魔獣だった。魔獣は普通の獣とは違い、魔素を帯びた獣。その中でも上位種である。

「鉄大蛇か……やはりな」

傭兵時代にオレはある廃鉱山で、別個体の鉄大蛇に遭遇した経験があった。

当時の状況と村長の話は類似していた。だから予想していたのだ。

「さあ、予定通り、エリザベスとフェンだけで、こいつを退治してもらうぞ。手強いから気を付けろよ」

当時戦った鉄大蛇はかなりの強さだった。この二人の修業にちょうどいい相手であろう。

「ええ、オードル。望むところよ！　いくよ、フェン！」

『わかったワン、エリザベス！』

魔獣の大蛇だと判明しても、二人は怯まなかった。

逆にやる気を出して動き出す。エリザベスは剣で、フェンは牙で突撃をしていく。

二人ともスピード重視の戦闘スタイル。見事に攻撃をヒットさせる。

「くっ!?　なに、こいつ!?　剣が効かないわ!?」

『ボクの牙もだワン!?』

だが二人の攻撃は効かなかった。鉄大蛇の強靭な鱗《うろこ》に、跳ね返されてしまったのだ。

「言い忘れたが、そいつの鱗は、かなり固いぞ。普通に斬ってもダメだ」

鉄大蛇はその名の通り、鉄のように頑丈。鉱山だけに出没することから、『鉄の養分を食らって成長している』……そんな風な噂もある。とにかく、かなり厄介な相手である。

「ちっ……それなら！」

『ガルルル！』

想定外の固さに、二人は戦い方を変える。

エリザベスは全身の闘気を高めて、その力と速さを強化。フェンも全身に魔素を漲《みなぎ》らせて、身体能力を強化する。

「いくわよ！」

『ワン！』

力をためて二人は、同時に攻撃をしかける。

先ほど以上のスピード。鉄大蛇の死角に回り込み、一気に攻撃をしかける。

「えっ!?　かわした!?　くっ!?」

『エリザベス!?　キャーン！』

だが今度は攻撃が、するりと鉄大蛇に回避されてしまう。逆に巨大な尻尾のカウンター攻撃をくらい、二人は吹き飛ばされた。

「くっ……」

『グルル……』

二人とも何とか受け身を取る。肉体的なダメージは多くはない。

「な、なに？　今の動きは……」

だが攻撃を回避されたことに、精神的なダメージを負っていた。

『ボクたちの攻撃が、先読みされていたワン……』

死角から攻撃したにもかかわらず、鉄大蛇は完全に感知して回避していた。その謎の動きに混乱していたのだ。

「鉄大蛇の動きを、解説してやろう。今のはお前たちの動きを見てから、避《よ》けた訳ではないぞ。事前に動きを感知して避けたのだ」

混乱している二人に、ヒントを出してやる。

真っ暗な鉱山に潜む鉄大蛇は、視力が極端に弱い。その代わり他の感覚が極度に鋭いと。

鉄大蛇の口の中には、相手の匂いを敏感に感知する器官がある。相手の体臭を感知して、先を読んで動いてくるという。

昔、南方部族の呪術師から、そう聞いていた。今回の鉄大蛇も、それで二人の動きを先読みしたのだ。

「そんな……匂いだけで、こちらの動きの先を読むですって!?」

『そんなのは白魔狼族にも出来ないワン！』

まさかの鉄大蛇の異能の力に、二人は絶句していた。

だから最初に忠告しただろう。鉄大蛇は手強いと。

何しろ剣の直撃すら跳ね返す固い鱗。更に匂いだけで先読みする感知能力。

また全身が筋肉で覆われているため、攻撃力も半端ない。極めつけに、牙には強力な猛毒がある。ひと噛みされただけで人は即死である。

この大陸の中でも厄介な上位魔獣の一つなのだ。

『どうするワン、エリザベス……』

「くっ……」

打開策を見いだせず、二人は動けずにいた。鉄大蛇を目の前にして、まさに『蛇に睨《にら》まれた蛙』と化している。

「やれやれ、そんなことでどうする？　仕方がない。これはひとり言だ。聞くも、聞かぬもお前たちの自由だ」

このままでは修業にならない。黙って見ている予定だったが、オレは口を開くことにした。

ひとり言ならギリギリセーフであろう。

「まずエリザベス。お前は剣の才能はたいしたものだ。だが今まで、対人戦しか行ってこなかっただろう？　だから、この程度の魔獣に苦戦している。だが、お前の本当の力は、もっと上にある。そのためには自分の殻を破るべきだ。〝エリザベス・レイモンド〟という人の概念を捨てて、その剣を牙として、牙を振るうのだ」

エリザベスは天賦の戦闘の才能をもつ。だが騎士として人としか、戦ってこなかった。

そのために身体の限界を、勝手に自分で決めているところがあった。更に上の存在を目指すなら、その限界と殻を破る必要がある。

そのためのアドバイス……いや、ひとり言だ。

「次にフェン、お前も同様だ。初めて会った時の、あの強烈な殺気はどこにいった？　そんな腑抜けた顔では、親の仇は討てないぞ。なんだったら、このオレが黒魔狼族を討伐しておいてやるぞ？　それでもいいのか……誇りある白魔狼族の後継者フェンよ!?」

フェンは優しい子である。村でも子どもたちに一番人気のある存在。

だから忘れてしまう時があるのであろう。自分が忌み嫌われている〝魔獣〟という存在であることを。

そんなフェンの内なる想いに、もう一度火をつける。誇りある白魔狼の力を見せる時だと。

これもそのための……ひとり言だ。

「なんですって、オードル!?　それなら見せてやるわ……この私の力を！」

『ガルルルルル！』

オレの言葉を聞いて、二人に火がつく。獣のような声を上げて、全身に殺気と闘気、魔素を漲らせていた。

その勢いは凄《すさ》まじい。見ているこちらにも、気の波が押し寄せてくる。

（これは、たいしたものだな……）

思わず感心する。やはりこの二人は、天才という存在なのであろう。

たった一言のアドバイスで、ここまで目を覚ますとは。実戦さえ積んでいけば、今後も更に成長していくであろう。

（さて、帰る準備でもするか……）

二人と鉄大蛇の戦いが、再び始まろうとしていた。だが、こうなったら結果はもう見えている。

二人の勝利を信じて、オレは見守るのであった。


それから激戦が繰り広げられた。

三匹の野生の獣による激しい戦いであった。

最後に生き残ったのは、金髪の獣と、白銀の獣。

エリザベスとフェンは鉄大蛇に勝利したのだ。

「はっはっは……やったわね、フェン……」

『そうだね……エリザベス……ワン』

戦いの後。

二人とも全身に傷を負っているが、致命傷は無い。

だが闘気をつかい果たし満身創痍《そうい》。ペタリと座り込んでいた。

この様子では歩けるまで、少し休憩が必要であろう。

「二人ともよくやった。今日は六十点といったところだな？」

鉄大蛇との戦いを採点する。闘気と魔気の放出量は、かなり良かった。だがコントロールがまだ

雑すぎる。

　鉄大蛇程度を倒しただけで、これほどへバッているのでは話にならない。今後はもう少し繊細に、気をコントロールしないとダメだ。

「オードル、それは辛口すぎよ」

『そうだよ。ボクたち頑張ったつもりなんだけど……』

「ああ、言いすぎたかもな。とにかく頑張ったな二人とも」

　我ながら厳しすぎる採点だったかもしれん。

　申し訳ないので、座りこんでいる二人の頭を撫でてやる。マリアもこうすると喜んでくれるものだ。

「い、いきなり、乙女の頭を撫でるもんじゃないわよ、オードル!?　で、でも嬉しいけど……」

『ボクも嬉しいワン！』

　頭を撫でてやったら、二人とも喜んでいた。

　戦士としては急成長しているが、この辺の反応はまだ子ども。五歳児のマリアと同じ反応である。

「さて、元気が出てきたところで村に帰るぞ。この鉄大蛇を解体して、村まで運ぶんだ」

　鉄大蛇の死体は利用価値がある。捨てる部位がなく貴重品。この大陸では魔獣の死体は、宝の山と同義なのだ。

「ん？　これは……」

　そんな帰ろうとした時である。奥から更なる気配が急接近してきた。

「もう一匹ですって!?」

『それに今度は、更に巨大だワン!?』

出現したのは別個体の鉄大蛇だった。

大きいな。先ほどのよりも一回り以上も大きい。

同胞を殺されて、かなり興奮している。大きな口を開けて威嚇してきた。

まさか上級魔獣が二体もいるとはな。

「どれ。エリザベス、剣を少し借りるぞ。お前たちは休んでいろ」

暴れる前に片付けておきたい。座り込んでいるエリザベスの剣を借りる。

「えっ、オードル？　まさか一人で……危険よ！」

「いくぞ……破《は》っ！」

エリザベスの制止を振り切り、オレは気合の声と共に一気に踏み込む。

鉄大蛇の首を切断。

魔核を突いて、その命を絶つ。

ふむ、さすがはエリザベスの剣。なかなかの切れ味だな。

これであとは大丈夫だ。さあ、村に戻るぞ。

『ボ、ボクたちが、あれほど手こずった鉄大蛇を、たったの一撃で……』

「まったく、これだから鬼神というやつは……」

フェンとエリザベスの啞然とする声が、坑道に響き渡る。

こうして二匹分の鉄大蛇の素材を持って、オレたちは村に凱旋するのであった。

◇◇◇

鉱山の獣を討伐して、村に凱旋する。

魔獣を倒したということで、村は大盛り上がりだった。

「さすがはオードルさん。まさかこんな巨大な魔獣を倒してしまうとは……」

「昔から怪力は半端なかったとは聞いていたけれど、ここまでとは……」

持ち帰った鉄大蛇の死体を見て、村人たちは言葉を失っていた。

何しろ魔獣はたった一匹で村を壊滅させるほど恐ろしいもの。魔獣を初めて目にした村人も多い。

「知能もない巨大なだけの蛇だった。たいしたことはない。鉄大蛇の素材は村に寄付する」

魔獣の死体は宝の山だが、オレは金をあまり必要としない。素材のほとんどを、世話になっている村に寄付することにした。

「いいのか、オードル!?」

「こんな大金になる素材を?」

街に持っていけば、魔獣の素材は大金になる。だから村人たちは驚いているのだ。

「ああ、問題ない。それよりも解体するのを手伝ってくれ」

鉱山から大ざっぱにバラシて持ってきた。ここからの細かい解体作業を、村の皆に手伝って欲しかった。

「お安いご用だ。任せておけ！」

「よし、村人を全員呼んでこい！」

寄付の話を聞いた村人は、盛り上がる。全村人で解体作業に取り掛かるのであった。

上級魔獣である鉄大蛇の外皮は、死体になっても頑丈であったため、オレが率先して解体。細かい部分は村の皆に指示していく。

こうして解体作業は何とか終わる。

さて次は解体した部位の使い方を、皆に指示していかないと。

「その血は捨てるな。酒に混ぜて飲んだら、健康にいい。残った血は薬にもなる」

鉄大蛇の血は、栄養価が高いことで知られていた。

滋養強壮や精力増進に効くので良薬にもなる。大きな街では貴族が、大金を出して欲しがる品だ。

「そっちの鱗と骨は、武器と防具につかう。洗って乾かしておけ」

剣をも弾く鱗は軽くて固く、防具に最高の素材。魔獣の骨は鉄と混ぜると、固くて頑丈になる。

鎧や盾、槍に加工して、村の自警団の装備にするつもりだ。

「皮は一番使える。優先度は高いぞ」

鉄大蛇の皮は弾力があり、かなり頑丈。更に防水性や耐熱性もある。リュックなどの日用品には最高の素材であろう。

魔獣の革製品は、王都の貴族でも持っていない高級品なのだ。

「あと、肉は味付けして焼いたら、最高に美味いぞ、ジイさん」

一緒に作業していた村長に、魔獣の肉の有効性を教える。

ほとんどの魔獣の肉は美味。退治した者にとって最高のご馳走になるのだ。

「なんと、魔獣の肉は食えるのか、オードル!?」

「ああ、そうだ。栄養価も高く、高級食材だ。今宵にでも、どうだ。ジイさん?」

「それなら村人たち全員で食おう。この量じゃ。酒も振る舞おう!」

魔獣の解体は順調に終わろうとしていた。

こうして魔獣討伐を祝って、祝いの宴をすることになった。


解体作業が終わり夕方になる。

村人全員による宴が開宴。宴といっても、辺境のこの村の規模である。中央の広場に敷物を敷いて、酒や食い物を並べたもの。

民族楽器の太鼓や笛、打楽器を、誰ともなく演奏し始める。かがり火の光を浴びて、宴は一気に華やかになってきた。

「おお、これは最高に美味いな!」

「ああ! こんなに美味い肉は生まれて初めて食ったぞ!」

村人たちは大いに盛り上がっていた。

何しろ生まれて初めて食べる魔獣の肉。想像以上の美味しさに、誰もが興奮していたのだ。

「それに、この鉄大蛇の血を混ぜた酒、飲んだか？　最高に美味いぞ！」

「そうだな！　オレ、なんか全身が熱くなってきたぞ！」

血を混ぜた酒も、大好評であった。村の地酒である強い酒に、鉄大蛇の血が見事にマッチしていたのだ。

しかも鉄大蛇の生き血は栄養価が高い。若い青年団の連中は興奮のあまり、上半身裸になり踊っていた。

青年たちが半裸ではしゃぐ姿に、若い村娘たちも黄色い声援を送っている。青春の光景だな。

そんな賑やかな宴を抜けて、村の子どもたちの宴の所に、オレは顔を出す。

「さて、お前たち子どもは、こっちの味付けの肉のほうがいい。火傷《やけど》しないように、気をつけて食え」

子ども用に別の味付けのものを用意しておいた。肉はもちろん美味なる鉄大蛇のもの。少し冷ましてから、子どもたち全員に振る舞っていく。

「美味しい！　これ凄く美味しい！」

「本当だ！　とっても美味しいね！」

子どもたちは口に入れた瞬間、次々に叫び出す。ほっぺを押さえて、誰もが満面の笑みを浮かべていた。

「それは東方の蒲焼という味付けだ。甘じょっぱくて、美味いだろう？」

子どもたち専用のソース。蒲焼のタレと呼ばれるソースである。

蒲焼のタレの作り方は簡単。

村の伝統的な調味料の魚醤《ぎょしょう》に、甘い砂糖を加えて煮込んだもの。他にも香辛料を加えるが、作り方はシンプルだ。

これは東方出身の傭兵仲間から、習ったタレである。

「うん、すごく美味しい！」

「ボクたちでも、食べられるね！」

子どもたちに蒲焼のタレは好評であった。

脂がのった鉄大蛇の肉に、濃い目のタレがマッチ。育ち盛りの子どもたちは、次々とお代わりをしていく。

いい食いっぷりだ。肉は沢山ある。腹いっぱい食え。

「ねえ、パパ……マリアも食べていい？」

遠慮がちに待っていた、マリアが尋ねてきた。

もしかしたら調理しているオレを気遣って、他の子に優先的に食べさせていたのかもしれない。

何という他人を思いやる優しさであろうか。思わず感心してしまう。

「ああ、もちろんだ。熱いから火傷しないように食べるんだぞ、マリア」

「うん、わかった、パパ。いただきます……うん！　美味しい！　すごく美味しいね！」

食べた瞬間、マリアの顔がパッと明るくなる。ほっぺを押さえて、美味しさをアピールしてくる。

その姿が何ともいえず可愛らしい。

「ああ、美味いか。たくさんあるから、マリアもいっぱい食べるんだぞ」

「うん、パパ！　こんなに美味しいお肉、ありがとう！」

マリアは本当に嬉しそうに食べていた。

この笑顔を見ただけで、今回の魔獣討伐は価値があった。また魔獣を見かけたら、マリアのために狩ってくるのもいいかもしれない。

『ワンワン！』

「あっ、フェン！　フェンも、お肉食べる？」

マリアは寄ってきたフェンにも、蒲焼を分けてあげる。

ふーふーして冷ましてから、フェンの口に運ぶ。

『ワンワン！　ワンワン！』

分けてもらったフェンは、尻尾を振って大喜びしていた。こいつは白魔狼族なので、生でも肉を食べることが出来る。

だが調理した肉の美味さに、感動して何度もお代わりをしていた。その姿はどこからどう見ても普通の子犬である。

「そうだ……マリア、フェンをちょっと借りていくぞ」

「わかった、パパ。マリアはお友だちのところに、いってくるね！」

フェンの姿を見て、用事を思い出した。

マリアは気を利かせて、友だちの方に走り去っていく。
《どうしたワン、オードル？》
念話でフェンが聞いてきた。これなら誰にも、秘密の話を聞かれる心配がない。
それにフェンの口の中に蒲焼が大量に入っているので、口を開けないのだ。
《相変わらず食いしん坊だな。それを飲み込んだら、口を大きく開けろ。もっといいモノを食わせてやる》
《えっ？　本当!?　分かった！　ゴクリ！　これでいいかワン？》
食いしん坊のフェンは一気に飲み込んで、口を大きく開ける。白魔狼族の見事な犬歯が光っていた。
《これは褒美だ。食ってみろ》
周りに人の目がないことを確認して、オレはポケットから小さな宝玉を取り出す。これをフェンに食べさせたかったのだ。
《えっ、オードル？　それは魔核だよね？　魔核って食べられるの!?》
オレが取り出した宝玉は、鉄大蛇の体内にあった魔核である。解体作業の時に、オレが取り出しておいたものだ。
《ああ、そうだ。フェンなら、見事に取り込むことが出来るはずだ》
普通の生物は、魔核を食べることなど出来ない。
だが上位魔獣は他の魔獣を狩って、魔核を食らう。そして新たなる力を得る……と噂で聞いたことがあるのだ。
《強くなりたいんだろう、フェン？》
《もちろんだワン！　じゃあ、いただきます！》
フェンは家族の仇を討つために、強さを求めていた。何の迷いもなく、魔核を一気に飲み込む。
しばらくして反応がある。
《うっ……これは……なんか、身体の奥底から、力が吹き出してくるような気がする……ワン！》
《ああ、そうか。あまり無理はするな。徐々に自分の力にしていけばいい》
どうやら魔核の吸収は上手くいったらしい。
いきなりパワーアップすることはないのであろう。だがフェンの体内から、前よりも強い魔気を感じていた。
《今後も魔獣を狩って、魔核をどんどん食っていくんだ。ただし自分で狩った分だけな》
オレは自分が狩った魔獣の魔核を、フェンに与えるつもりはなかった。
何故なら獣は自分の身を危険にさらして戦わなければ、強くなることは出来ない。
だから敢《あ》えてフェンに、試練を課すようにしたのだ。
《わかったワン！　ボク頑張る！　ありがとう、オードル！》
オレの想いを、フェンは理解してくれた。自分が前よりも強くなり、大喜びしている。先ほどよりも強く尻尾を振っていた。
（フェンが強くなっていく過程か……今後は楽しみだな……）

これは念話ではなく、自分の心の中で考えておく。

自分の強さではなく、家族の成長。親心として、フェンの成長が楽しみだった。

「あら〜、オードル〜、こんなとこに、いたの〜」

そんな時である。酔っ払いが近づいてきた。

「エリザベス、お前、どうした？」

酔っ払いはエリザベスであった。

鉄大蛇の血の酒を飲んで、べろんべろんに酔っ払っていたのだ。ろれつが回っていない。

「えへへ……一杯だけしか飲んでないんだけど、なんか目が回るの〜」

この大陸では十四歳の成人を過ぎたら、飲酒も可能。十六歳のエリザベスが酒を飲んでも合法である。

だがエリザベスは極端に酒に弱いのであろう。足取りもフラフラで、かなり酔っ払っていた。これはかなりマズイ状況である。

「パパ、お水、もってきたよ！」

そんなエリザベスを見かねて、マリアがやってきた。水の入ったコップを持って、駆けつけてくれたのだ。

「えへへ……マリアちゃん、ありがとう……今日も可愛いね〜」

エリザベスは完全に酔っ払っていた。マリアにほおずりをして、絡んでいく。

王都の居酒屋によくいる、酔っ払ったオッサンと同じ口調になっている。

『ワンワン！』

そんなエリザベスの持っていた酒を、フェンが舐《な》めようとしていた。美味しそうに見えたのであろう。

だがフェンはまだ二歳の子どもだ。

「ダメだよ、フェン！　それお酒だよ！　おすわり！」

それを止めようとするマリア。しかし食いしん坊なフェンは、舐めるのを止めない。

「えへへ……フェンもいける口ね～。さぁ、さぁ、飲んで～」

さらに勧めてくるエリザベス。

また止めようとするマリア。

そして辛口の酒を飲んで、悲鳴をあげるフェン。

祭りの太鼓や笛の音も相まって、だんだんと騒がしくなってくる。

「やれやれ……騒がしい宴になったな」

そんな賑やかな光景を見ながら、オレは苦笑いする。

こうして魔獣退治の宴は、夜遅くまで盛り上がっていくのであった。

第八章

鉄大蛇の討伐から、数日が経つ。

宴の翌日から、村は平常通りに戻っていた。

「よし、今日の鍛錬は終わりだ」

「「オードルさん、ありがとうございました！」」

今日も村の青年たちを鍛えていたところだった。槍や弩《クロスボウ》を使って、連携の鍛錬だ。

「オードルさん、最近オレ、強くなったような気がします！」

「オレもです！　この間は、野生の猪を一人で倒せました！」

「オレも弩《クロスボウ》で、狼を追い払えました！」

訓練中の青年たちは元気だった。先日、闘気で強制的に目覚めさせてから、彼らはメキメキと戦闘能力を伸ばしている。成長を実感して興奮しているのであろう。

「なるほど、そうか。力の向上を実感するのは大事だ。だが覚えておけ。強くなりかけの時、戦士は油断で命を落とす事を」

そんな青年たちに釘を刺しておく。

戦場において一番怖いのは『油断』だと。特に新兵から卒業したての連中は、一番死亡率が高いのだ。

「だから油断はするな、お前たち。敵を倒さなくてもいい。守るために強くなれ」

「「「はい、オードルさん！」」」

素直でいい返事だ。オレの忠告も不要だったかもしれないな。

辺境の村民である彼らは、命を落とす危険性を知っている。だから素直に忠告を聞いてくれるのであろう。

これなら自警団はもっと強くなっていくだろう。

「あと新しい武器と防具も、近いうちに完成する。楽しみにしておけ」

「「「おー！」」」

新しい武具と聞いて、青年たちは歓声をあげる。

先日の鉄大蛇の素材を使って、オレは新しい武具を製造していた。

具体的には、鉄大蛇の鱗と皮を使った鎧。剣や矢を通さない防御力を持ち、しかも軽くて動きやすい代物である。王都の正規兵が使用する鎧よりも強力な防具だ。

あと新しい武器は槍。鉄大蛇の骨と鉄を混ぜて、特殊な固い金属に加工していた。魔獣の骨は金属を強化する、特殊な効果があるのだ。

新しい槍は、普通の鉄の鎧も貫通する威力になる。完成させるのが楽しみだ。

村の規模的に少しやり過ぎかもしれない。だが辺境の周囲は常に危険に満ちている。自衛力を高めておく必要があるのだ。

「よし。今日の訓練はここまでだ。村の仕事もちゃんとするんだぞ」

「「はい、オードルさん」」

自警団はあくまでボランティアの組織。青年たちの本業は、各家の農業や林業。空いている時間を使って、戦闘の鍛錬を積んでいるだけなのだ。

「さて、次の場所に向かうとするか」

青年たちとの雑談もそこそこにして、オレは次の場所に向かうのであった。


村外れの訓練所から、中心部へやってきた。真新しい大きな建物が見える。

建物の中から、子どもたちの元気な声が聞こえてくる。ここは村の子どもたちに教育を施す施設
「それでは、1+2は?」

「「3!」」

……学校だ。

「では、次は国語です。みんな自分の名前を書いてみてください」

「「はい、エリザベス先生!」」

学校の教師はエリザベスである。

名門の貴族の生まれである彼女は、高等な教育を受けていた。それを見込んで教師役として、オレが頼んでいたのだ。

今のところ国語と算数の一日一時間の授業。週に五回ほど行っている。

「では次は工作です。粘土で好きな物を作りましょう」

エリザベスは子どもたち相手だと、いつもと違い口調が優しい感じになっている。

それにしてもいつの間にか工作の時間まで追加されていたのか？　エリザベスが考えて、独自のカリキュラムを組んでいたのであろう。

「「工作!?　わーい、やったー！」」

楽しい工作の時間に、子どもたちは大喜びであった。動物や建物、花、馬車など、思い思いの形を作っていく。

（工作か……これは効果的な授業だな……）

そんな光景を見ながら感心する。手先の器用さは、どんな仕事にも繋がる。創造性は子どもたちの将来を、無限に切り開く。

エリザベスの機転に感謝だな。

「では、今日の授業はここまで。気をつけて帰るんですよ」

「「はーい。先生、さよーなら！　みなさん、さよーなら！」」

いつの間にか終わりの時間となっていた。子どもたちは元気に挨拶をして、教室を出ていく。

「さて、私も……って、オードル!?」

教室を出てきたエリザベスと、バッタリ顔を合わせる。気配を消していたオレに気が付いて、エリザベスは驚いていた。

「見させてもらっていた、エリザベス。それにしても大した先生の腕前だな」

先ほどの授業の内容について褒める。

オレから指示されていた内容だけでなく、応用した授業も進めていた。子どもたちの未来を考えた、素晴らしい学校であると。

「そ、そんな、いきなり褒められても……照れるわよ……」

いつになくエリザベスは照れていた。いつもは勝気な剣姫であるが、こういった女らしい側面もあったのだろう。

とても先日の宴で、酔っ払って失態を見せた人物と、同一人物には見えない。

「いやー！　あの時の話は、もう止めてよ、オードル！」

よかった。いつものエリザベスに戻っている。顔を真っ赤にして、両手で隠していた。

「あっ、パパだ！」

そんな時、銀髪の幼女が駆け寄ってきた。

「マリアを見にきたの？」

「ああ、ちゃんと見ていたぞ」

駆け寄ってきたのは娘のマリア。今日も天使のような満面の笑みである。

「では、ここで、パパにもんだいです！」

笑顔のマリアの表情が、急に変わる。いきなり真剣な表情で問題を出してきた。

「ここにリンゴが、三コあります。マリアが二コ、ついかしました。ごうけい、なんコでしょうか？」

出されたのは足し算であった。おそらくは今日の授業で、習った内容なのであろう。

（三＋二で五個か。簡単すぎる問題だ……）

傭兵部隊を率いていたオレは、算数もある程度まで学んでいた。

何しろ戦争とは数と数の戦い。指揮官クラスは算数も必須なスキルなのだ。

（だが、ここで正解していいのか？）

マリアは真剣な表情で尋ねている。

もしかしたら、ここは敢えて間違えて答えた方がいいのであろうか？『花を持たせる』というヤツである。

これはこまったぞ。果たして、どう答えるのが正解なのだ？

（エリザベス……）

困り果てて、隣のエリザベスに助言を求める視線を向ける。こんな時に父親は、どんな風に答えればいいのかと。

〝こくり〟

事情を察したエリザベスは、小さく頷《うなず》いてくれた。つまりオレの仮説は正しいのだ。

「マリア……正解は、リンゴは四個だ」

「ぶぶー！　パパ、ふせいかいです！　せいかいは、三たす二で、リンゴは五コでした！」

「なんと……五個だったのか!?　さすがはマリアだな」

「えへへ……パパにほめられると、マリアすごく、うれしい！」

マリアは満面の笑みを浮べる。ややドヤ顔。照れくさそうに本当に嬉しそうにしていた。

（よかった……オレの反応は正解だったようだな……）

オレは心の中で安堵の息をつく。

教えてくれたエリザベスにも、ハンドサインで感謝を伝えておく。

（それにしても、あえて不正解を口にすることで、相手に気持ちよくなってもらうか……子どもとは、奥が深いな）

今までのオレの人生では、常に最良の選択をしてきた。無駄を省いて、常に正解を突き進んできた。

だが今回のように、あえて間違える大切さもある。今までの自分に足りなかったことを、小さなマリアから学べたような……そんな気がした。

「さて、マリアは気をつけて遊びにいくんだぞ」

「うん、わかった、パパ！　いってきます！」

学校の授業が終わったので、子どもは自由時間。マリアは友だちと遊びにいくのであろう。

「さて、オレはまた村の見回りに行ってくるか」

今日は特に、村長から仕事を頼まれていない。村の中を見回る予定だ。

村人たちで困っている者はいないか？

村の中で危険な場所はないか？

そんな些細なことを調べて回るのも、最近のオレの大事な仕事なのだ。

「あっ、オードルさん！」

そんな時である。学校に青年の一人が駆けてきた。

この者は自警団の一人。今日は村の正門の見張り番をしていたはず。

急いだ様子からして、何かあったのであろうか。

もしや賊か？　それとも獣の群れの襲来か？

「どうした？」

「村に荷馬車隊が近づいてきました。たぶん定期的に来る交易商人だと思います」

「なるほど。キャラバン隊か」

賊の襲来ではなかった。念のために、オレに報告にきたのであろう。

いい判断だ。報告・連絡・相談は傭兵団でも重要視していた。万が一も有り得るので、有り難い報告である。

「キャラバン隊ですって？」

村に住み付いて間もないエリザベスは、初めて耳にするのであろう。興味深そうにしている。

「ああ、そうだ、エリザベス。面白いから、お前も見にくるがいい」

こうしてオレたちはキャラバン隊を見に行くのであった。

◇　◇　◇

交易商人のキャラバン隊は数ヶ月に一度、村にやって来る。

普段は買い物が出来ない村人にとって、楽しみな一大イベントである。

村の中央広場に到着すると、商人たちは早くも店を広げていた。

「ほう。相変わらず盛況だな？」

数台の荷馬車からドンドン商品が降ろされ陳列されている。

到着の噂を聞きつけた村人たちが、次々と広場に集結。あっという間に広場は、百人以上の村人でごった返す。

「この布と、こっちの香辛料をちょうだい！」

「その種と、あっちのネックレスを買うぞ！」

辺境のこの村には、交易商人が来ることは珍しい。村人たちは、ここぞとばかりに買い物をしている。

「こっちの毛皮と、この工芸品を鑑定してちょうだい！」

「次は、この革製品と、この香辛料も鑑定だぞ！」

村では基本的に貨幣は使われていない。自給自足の生活をしているのだ。

そのため逆に交易商人を相手に、村の商品を売っている者もいる。余った生産物や、村の工芸品や産物を換金しているのだ。

「相変わらずの熱気だな」

そんな広場の光景を感心しながら眺める。特に買う物は無いが、こうした活気ある光景は、見ているだけで楽しい。

「ん？　もしかして、オードルさんですか？　お久しぶりです！」

そんな中、オレに声をかけてくる商人がいた。知った顔の商人だ。

「ああ、五年ぶりだな。よくオレのことを覚えていたな？」

この商人はキャラバン隊の責任者。オレも昔からこの村で、何度も顔を合わせたことがある。

たしか今回は五年ぶりの再会。当時に比べてオレは髭を剃って、髪の毛も短くして印象を変えていた。それでよく分かったものだ。

「最初は別人だと思いました。でも、この村でこれほど存在感があるのは、オードルさんくらいですからね！　あっはっは……」

商人は笑いながら説明してきた。

なるほど、そういうことか。

村の中で、これほどの巨体はオレ一人だけ。だから商人も気が付いたのであろう。商人の鑑定眼は大したものである。

「ところでオードルさん。ここ数ヶ月間で、この村に、いったい何があったんですか!?」

「ん？　何のことだ？」

商人はかなり驚いた表情で、村の中を見回していた。何に驚いているのであろうか？

「いや、変わりすぎです！　前に来た時は、あんな城壁みたいな柵はなかったですよ！」

なるほど、そのことか。商人が驚いていたのは、村を取り囲む木の柵のことであった。

それにしても『城壁みたいな柵』とは上手い喩《たと》えである。何しろ村を囲む柵を、オレは当初よりも改造していた。

今では要所に見張り櫓を設置。村の入口には可動式の城門を。また柵の守りが弱い部分には、空堀を掘って追加しておいた。

そのため『城壁のような柵』と言われても仕方がないのだ。

「実は最近、野党や獣が増えてきた。だからオレが作った」

「なるほどです。それにしても、この大規模な柵を一人で。昔からオードルさんは、色々と規格外でしたが、これには私も驚きましたよ。こんな堅牢な村は、大陸でも見たことがありません！」

たしかに商人の言う通りかもしれない。

オレも傭兵時代は、大陸中を見て回っていた。その中でも今の村は、断トツの防衛力を持った村であろう。

「だが、あくまで自衛の柵だ。戦争をする訳ではない」

「そうでしたか。あと、オードルさん。村の中も様変わりしていますよね。奥で鳴き声がするのは、大牛ですよね？　大規模な牛舎でもあるんですか？　前はなかったですよね？」

遠くから聞こえる牛の声で、牛舎のことに気がついたのであろう。しかも鳴き声だけで、大牛の種類と数まで見抜いている。

この辺の抜け目のなさは、さすがは商人だな。

「あの大牛はオレが捕まえてきた。今では五十頭以上はいるはずだ。あと、野生馬と鶏、野豚も捕まえてきている」

オレは野生の動物を、定期的に捕まえていた。

食肉にした分を差し引いても、当初よりは増えている。村人の人数規模に比べたら、かなり余裕のある家畜の量だ。

「なんと……そんなにたくさんの家畜がいるんですか!?　しかもオードルさんが捕獲を……はっはっは……驚きすぎて、もう笑うしかありませんな！」

大牛や馬は大陸では高価な家畜。乳や乳製品、肉を生み出すだけではなく、労働力としても優れているのだ。

商人にとっては信じられない、村の変化なのであろう。

「それに、オードルさん。この村は大きく変わりましたね。痩せこけた子どもが、誰もいなくなくなりましたよね？」

広場には沢山の村人が集結してきた。誰もが笑顔で、キャラバンで買い物をしている。

そんな光景を見ながら、商人までも嬉しそうにしていた。

「笑顔がこんなにある村は初めてみました！」

あこぎな職業と思われている商人も、皆と同じ人の子。幸せそうな笑顔を見て、喜ばない者はいないのだ。

「そういえば、オレも鑑定して欲しい商品があった。鑑定してくれないか？　獣の毛皮や爪、牙なら結構ある」

村でオレが倒した狼などの獣は、素材を剝《は》いで保存していた。かなりの量になってきたので、そろそろ換金したいところだ。商人に依頼する。

「はい、分かりました。オードルさんの仕留めた獣の素材は、いつも上質なので、高く引き取らせていただきますよ」

「あと鉄大蛇の素材もある。それも鑑定してくれ」

鉄大蛇の素材は加工して、村で使っていた。かなりの量があるので、余っていた素材もある。それも換金しておきたいところだ。

「えっ!?　鉄大蛇って……あの上級魔獣のですか!?」

「ああ、そうだ。村の鉱山に出現したのを、退治しておいた」

「あの鉄大蛇を退治とは……さすがすぎます、オードルさん！　もちろん高値で買い取らせていただきます！」

魔獣の素材は、市場では高値で取引される。更に上級魔獣の素材ともなれば、お宝レベル。商人は大喜びしていた。

「素材はそこの荷台に置いてあるから、勝手に鑑定しておいてくれ」

オレが狩っておいた素材は、かなりの量がある。鑑定に時間がかかるであろう。商人を信じて任せておく。

「はい、喜んで。後でお金を渡します。その間、当商会での買い物を、楽しんでください！」

勝手知ったる、何とやら。商人に後は任せて、オレも買い物に向かうのであった。

数台の荷馬車の前に、広げられた臨時のキャラバン商店。

村の特産品を売り込む声と、買い物をする熱気が入り交じっている。村人たちは、まだまだ買い物で盛り上がっていた。

そんな光景を見ながら、オレはぶらり散歩していく。

「ん？　あれは？」

そんなキャラバンで、一人の銀髪の幼女を発見する。

「これ、かわいい……」

それはマリアであった。小さな髪飾りを手に取り、じっと見つめている。

「これ、やっぱり、かわいい……」

マリアは何度も小さくつぶやいていた。

見ていたのは、ピンク色の髪飾り。

よほど気に入ったのであろう。小さな手で、ぎゅっと握っていた。

「ほしいな……でも、お金が……」

まだ五歳のマリアは、お金を持っていない。だから買うことはできない。

そのことを思い出して、急に悲しそうな顔になる。でも欲しい。

そんな自分の感情を押し殺して、何度も首を横に振っていた。とても辛そうな顔である。

（しまった……これは、マズイな……）

まさかの光景を目撃して、オレは言葉を失う。今までマリアには〝お小遣い〟を、あげたことがない。

何しろ自給自足の村では、お金をつかうことが今までなかった。だからオレも失念していたのだ。

何たる大失敗。

（マリアにお小遣いを、早く渡してやらないと。でも、どうやって渡せばいいのだ？）

孤児であるオレは、今までお小遣いをもらったことがない。欲しいものは、ずっと自分の力と剣で稼いできた。

だから娘のマリアに、どうやってお小遣いを渡せばいいのか……その方法が分からないのだ。

（そうだ、エリザベスは？　くっ、こちらに気がつかない）

頼りのエリザベス先生は、キャラバンの商品の買い物に熱中している。値切り交渉に熱中していた。オレからの救援のサインに、今回は気がついていない。

何というタイミングの悪さ。他の村人たちも買い物に忙しくて、聞けそうにない雰囲気だ。

くそっ！　こんな時はどうすればいいのだ？

（ん？……あっ、そうか！）

そんな窮地の時。あるアイデアが浮かんできた。

《フェン、どこにいる？　急いで来てくれ。緊急事態だ。褒美に干し肉を、好きなだけやる》

《干し肉を!?　分かったワン！》

オレの救援の念話を聞いて、フェンがダッシュで駆けつけてきた。

さすがは忠犬フェン。頼りになる奴だ。

さて、ここからはオレの演技の腕の見せどころである。

「ごほん」

咳ばらいをして、声の調子を確認しておく。よし、声はいい感じだな。

「……おっと！　オレとしたことが、忘れていたぞ。今朝はマリアに渡す物があったのにどうしよう？　あっ、ちょうどいい所に、我が家のペットのフェンがいたぞ？」

『ワンワン！』

オレの一人演技に、フェンが反応してくれた。いいぞ。

「これをマリアに渡してくれ」

フェンの首に小さな布袋をさげる。中に数枚の大陸通貨を入れておく。髪飾りを買っても、お釣りがくる金額である。

『ワンワン！』

フェンはマリアのところへ駆けていく。演技には見えない、流れるような動きである。いいぞ。

『ワン！』

「えっ……フェン？　どうしたの？　えっ、これをマリアにくれるの？」

突然やってきたフェンに、マリアは驚いていた。フェンの首から布袋を受け取り、不思議そうな顔をする。

「なにが、入っているのかな……？　あっ、お金だ!?」

中身を見てマリアは驚いていた。いきなりフェンがお金を渡してきたので、混乱しているのであろう。

周りをキョロキョロして、見守っていたオレと視線が合う。

よし。ここから第二の演技の腕を見せるところだぞ、オードル。

「あー、マリアは、ちゃんと〝お小遣い〟を受け取ったかな？　マリアが今まで頑張って、家で働いた分のお小遣いだから、何を買ってもいいぞ。マリアが何を買ってくるか、パパは楽しみだなー」

これは全て独り言。だがマリアに聞こえるように、絶妙に声量を調整していた。

戦鬼の名は伊達ではない。

「あっ、パパ……ありがとう！　マリアのおこづかい……オジさん、コレください！」

オレの想いが無事に届いた。

マリアは欲しかった髪飾りを、無事に買うことができた。キャラバンの商人に、ちゃんとお金を渡している。

「パパ！　パパ！　見てコレ！　マリアににあうかな？」

買い物を終えたマリアは、こちらにダッシュしてきた。髪の毛には、買ったばかりの髪飾りがさしてある。

「ああ、似合うぞ。まるでお城のお姫様みたいだぞ」

「えへへ……マリア、うれしい。パパ、ありがとう……」

少し照れながら……満面の笑みを浮かべて、マリアは喜んでいた。

何度も髪飾りを触りながら、顔を赤らめていた。

「他にも何か欲しいものがあったら、オレに言うんだぞ」

村で手に入らないモノは、キャラバンでしか買えない。今日のオレは財布のヒモを緩める覚悟があった。

「ほんとうに!? ありがとう、パパ。じゃあ、あっちのスカートが気になるの! どっちがいいか、パパえらんで!」

想定外の依頼がきた。なんだと……スカートの選定をして欲しいだと!?

これにはさすがのオレも困惑する。何しろ生まれてこのかた、女子の洋服を選んだことなどないのだ。

鎧や剣の選定眼になら、かなりの自信はある。だが女のものは全くの別次元。何を基準にすればいいのか、予想もつかない。

よし。ここは戦鬼としての戦場の勘を信じて、スカートを選ぶぞ。

正解は……こっちだ!

「ありがとう、パパ! あと、こっちの服も、パパ、えらんで!」

マリアは次々と商品を持ってくる。どれもマリアによく似合う。

だが父親としての好みを選ばないと、ダメらしい。究極の選択すぎて、頭がパンクしそうだった。

「パパ、次はね……」

（くっ、まだ、そんなにあるのか!?　誰か……助けてくれ……）

こうしてマリアとの楽しい買い物は、閉店まで盛り上がっていくのであった。

◇　◇　◇

キャラバン隊での買い物から、数日が経つ。村はいつもの平穏な雰囲気に戻っていた。

「おはよう、パパ！」

朝日が昇る。起きてきたマリアが、元気に挨拶してくる。

我が家も今朝は平和だ。

「ああ、おはよう」

オレはいつも日が昇る前に起きていた。マリアは二番目に起きてくる。

「おはよう～」

次に起きてきたのはエリザベス。この剣姫様は朝にめっぽう弱い。戦のある日は、一番に起きるのだが。

『ワンワン！』

おっと。玄関で鳴いているフェンのことを、忘れていたな。

白魔狼族のフェンは、オレと同じ位に早起き。夜も強いので、番犬としては最適である。

「それでは朝飯の準備をするぞ」

「わかった、パパ。今日はマリアががんばるね！」

全員が揃ったところでマリアと朝食の準備を始める。まずは食材の準備をしていこう。

裏の畑から収穫したばかりの新鮮な野菜。

産みたての鶏の卵や、倉庫の干し肉。

献立をイメージしながら、調理していく。

「やっぱり、パパは、おりょうり、上手だね！」

「そうか、マリア？　男の料理だけしか作れないぞ」

マリアが褒めてくるように、オレは料理の手際はいい。

何しろ傭兵は自分の身の周りのことは、自分でしないといけない。炊事洗濯、掃除などは慣れているのだ。

「わ、私だって料理の一つくらい出来るわ、オードル！」

そんな楽しそうな様子を見て、エリザベスも気合が入ったのか、台所に手伝いにやってきた。

「よし、いくわよ！」

気合の声に反して、卵料理をひっくり返す。フライパンごと床に落としてしまう。

「だいじょうぶ、エリザベスお姉ちゃん？」

「すまない、マリア……」

ここだけの話、エリザベスは料理が苦手である。いや、料理だけではない。炊事洗濯、掃除の家事全般を苦手としていた。

何しろ彼女は王位継承権もある、レイモンド公爵家の超令嬢。今まで身の回りのことは、侍女や執事がやっていた。出来ないのは仕方がないであろう。

「焦らなくても大丈夫だ、エリザベス。料理は慣れだ」

「そうよね、オードル……よし、花嫁修業のため、頑張るぞ！」

落ち込んでいたエリザベスは、気持ちを切り替える。家事は出来ないが、この前向きな姿勢は、うらやましい長所だ。

『ワンワン！』

落ちてしまった卵料理を、フェンが口にくわえていた。

もしかしたらフェンなりに、エリザベスのサポートをしたのかもしれない。『料理は落ちたけど、ボクが食べてあげるから心配ないよ、エリザベス』的な。

フェンにも意外と、優しいところがあるのかもしれない。

《……もぐもぐ。もっとエリザベスが失敗して、料理を落とさないかな？　そうしたらボクのごはんがもっと増えるワン！》

フェンの煩悩《ぼんのう》にまみれた念話が、だだ漏れしてきた。

先ほどの言葉を訂正する。やっぱりフェンは〝ただの食いしん坊〟な奴だった。

「パパ、あさごはん、できたね！」

そんな感じでドタバタしていたら、朝ご飯が完成した。ではダイニングテーブルに着席して、挨拶をしよう。

「いただきます」

「「いただきます！」」

『ワン！』

家長であるオレの挨拶に、全員が続く。挨拶は大事と教えている。

よし。食事をスタートしよう。

今日のメニューは、村で焼いたパンと野菜とベーコンのスープ。野菜サラダとオムレツ。あと搾りたての牛乳である。

「おいしいね、パパ！」

「ああ、そうだな」

大好きな牛乳を飲んで、マリアは満面の笑みであった。口の周りが白くなっていたので、布で拭いてやる。

「オードル、私も口の周りに牛乳が……」

エリザベスの口の周りも、牛乳で白くなっていた。

だが、オレは見ていたぞ。こいつはワザとやっていた。本当に仕方がない奴だ。

何か別な物で拭いてやるか。

「フェン、拭いてやれ」

『ワン！』

床でご飯を食べていたフェンに合図する。エリザベスのヒザの上にのって、フェンはふかふかの尻尾で口の周りを拭き始める。

「くっ……せっかくオードルに拭いてもらおうとしていたのに……」

策略が失敗して、エリザベスは大人しく食べ始める。

こいつは村に来てから、性格が変わってきたような気がする。まあ、不器用で真っ直ぐなところは、昔から変わっていないが。

「ん？　マリア」

「なに、エリザベスお姉ちゃん？」

そんな時、エリザベスは真剣な顔になる。何やらマリアのことで、何かに気がついたらしい。

「ナイフとスプーンの使い方が、少し間違っているわ。こうやって使うのよ。見てて」

エリザベスは見本を見せながら、丁寧に教えていた。

「こう？」

「ええ。上出来よ、マリア」

「エヘヘ……いつも、ありがとう、エリザベスお姉ちゃん」

たまに暴走するエリザベスだが、元々はお嬢様。食べ方や身だしなみのレディーのマナーには厳しい。

たまにマリアにこうして教えてくれるのだ。押し付けではなく、自然に姉のように教えている。

「いつも悪いな、エリザベス」

オレは男だけの荒い傭兵の世界で、今まで生きてきた。マリアにレディーのマナーを教えられない。

　エリザベスの何気ない優しさに感謝する。

「い、いきなり、どうしたのよ、オードル!?　私は当たり前のことを、したまで……何しろ私はマリアのお姉ちゃん、オードルの家族だからね！」

　褒めたら、顔を真っ赤にして照れていた。

　頼りになる存在だが、エリザベスはまだ十六歳の少女。年の離れたマリアを、純粋に気にかけてくれていたのであろう。とにかく頼りになる姉に感謝だ。

『ワン！』

　ああ、そうだったな。フェンにも感謝している。

　いつもマリアの護衛と遊び相手をしてくれて、ありがとうな。

『ワンワン！』

　何？　そうじゃなくて、パンのお代わりが欲しいだと？　まったく、お前というヤツは、本当に……。

「きょうも、ごはんが美味しいね、パパ！」

「そうね。最高に幸せな朝ね、オードル！」

『ワンワン！』

　とにかく今日も賑やかな、朝の時間であった。

　いつもの何気ない日常。これが我が家の笑顔あふれる空間だった。

「「ごちそうさまでした！」」

『ワン！』

賑やかな朝ごはんの時間が終わり、片付けタイムとなる。片付けは全員で行うので、あっという間に終わった。

さて、この後は各自、午前中の仕事にとりかかる。

マリアとエリザベスは家の掃除や家事。オレは力仕事や畑の作業を。フェンは村の外周の見回りの仕事がある。

さて。今日も元気に働くとするか。

「オードル、ちょっといい？」

「ん？　どうした、エリザベス」

「マリアの勉強のことで相談があるの……」

仕事に行く前、エリザベスが神妙な顔で話しかけてきた。周りに誰もいないことを確認している。

マリアのことで相談だという。それも勉強のことだと？

どういうことだ。もしやマリアの成績が、下がってしまったのか？

「その逆よ、オードル。マリアは優秀すぎる生徒だわ。だから困っていたのよ……」

エリザベスは真剣な顔で説明してきた。

マリアは村の子どもの中で、一番物覚えがいいと。最近では年齢相応以上の算数や国語も、全部マスターしてしまったという。

「だから私が教えることが、実は無くなってきたのよ」

エリザベスは公爵令嬢として、それなりの高等教育を受けてきた。だが教えることに関しては専門家ではない。

教師としてマリアに教えられる知識が、ほとんど無くなってきたという。

「本当か？　マリアはまだ五歳だぞ？」

信じられない話である。たしかにマリアは家でも自習をしていたが。

「ええ、本当よ。王都の貴族の子どもでも、あそこまで賢い子はいなかったわ」

教師役であるエリザベスが、ここまで言うのなら間違いないのであろう。

マリアは頭がいいと。それも王都にもいないほどの高いレベルだという。

オレもマリアは賢い子だと思っていた。だがそれは親の目線。今まで客観的には見られなかったのであろう。

「将来を本気で考えたら、マリアはどこかの学園に入れてあげた方がいいわ。それも早めに……」

それはエリザベスの判断だった。

マリアの物覚えの良さは、普通ではない。才能を咲かせてあげるために、大都市にある学園に入学させるべきだと言う。姉としての、エリザベスの気持ちもあるのであろう。

「そうか、エリザベス。分かった。だが学園か……」

もちろん父親として、オレも同じ想いである。マリアの才能は、是非とも伸ばして欲しい。

だが、この辺境には専門的な学園はない。一番近いところで、王国領内の第三都市にあったはずだ。

「つまり、この村を離れるのか……」

学園に入れるのには、一つ問題があった。

マリアはまだ幼い五歳の幼女。保護者であるオレも、一緒に行く必要がある。

つまり『オレが村を離れなければならない』。村の状況を考えたら、今、オレが村を離れる訳にはいかないのだ。

「エリザベス、この件は他言無用だ。少し考えておく……」

マリアの将来についての選択。父親として、どうすればいいのか。本気で悩むのであった。

◇◇◇

それから二日。

オレは表面上、何事もなかったかのように過ごしていた。だが答えは出ていない。村を見捨てる決断を出来なかったのだ。

「さて、見回りに行くとするか」

そんな中でも仕事はしなければ。今日も日課である村の見回りへ出発。

途中で村の学校が目に入る。

「では、次の問題が分かる人」

学校の中ではエリザベスが、子どもたち相手に授業をしていた。オレは気配を消しながら、その様子をそっと見守る。

「はい、せんせい！」

一番前の席のマリアが、元気よく挙手する。白く細い腕がスッと伸びていた。

「では、マリア。どうぞ」

「こたえは、九十八コです！」

「正解です。みんな、マリアに拍手を」

「「「ぱちぱち……マリアちゃん、すごいね！」」」

マリアの見事な解答に、教室の中に拍手が鳴り響く。村の子どもたちは尊敬の眼差しである。

「えへへ……ありがとう。マリア、うれしい！」

皆から褒められて、マリアは照れくさそうな顔になる。本当に勉強が好きなのであろう。こうして見ていると、よく分かる。

「では、次の問題にいきます……」

その後も授業は、テンポよく進む。マリアは問題に、次々と答えていく。

（やはり、エリザベスの言っていた通りだな……）

そんな光景を陰から見守りながら、オレは思い返す。かなり難しい応用問題まで、マリアはスラスラ解いている。

先ほどの計算問題は、王都の大人でも難しい内容。だが弱冠五歳のマリアが、暗算で解いていたのだ。

（やはりマリアは頭がいいのか……）

これは確信である。今までの親バカとは少し違う。

マリアを一人の子どもとして冷静に見て、客観的に判断したのだ。

（頭がいいのか、これは親の血か？）

王都の学者の研究によれば、親の才能は子どもに伝わるという。

身体の大きな親からは、同じく身体の大きな子どもが産まれやすい。頭の良い学者の親からは、頭の良い子どもが産まれやすいのだ
（ということは、オレの血ではないだろうな……）

孤児であるオレは、まともな教育を受けてこなかった。

傭兵になってからは、ある程度の勉強はしてきたが、あくまでも一般常識の勉強だけ。

マリアのような聡明な頭脳は、持ち合わせていない。

（マリアのは……やはり、母親の方の血の影響か？）

マリアの母親は誰かいまだに分からない。おそらくマリアの頭の良さは、母親の血が関係しているに違いない。

（マリアの母親か……）

前に一度だけ本人に聞いたことがある。『どんな女性なのか？』と。

だがマリアは母親のことを、あまり覚えていないという。

気がついた時は、薄れた記憶と共に、村の前にいたと答えていた。

ただ……『オードル＝父親』という記憶は、かなりハッキリあったという。

（記憶障害……それとも何か別の？）

強いショックを受けると、人は記憶を失うことがある。傭兵時代にも同じ症状に陥った人を、何人か見たことがあった。

（まっ……そんなことは、今はどうでもいいか……）

今のマリアが幸せなら、小さいころの経験など関係ない。『過去よりも、明日を見て、今を生きる』。これは一人で生きてきたオレのポリシーである。

（さて、母親のことは今回はどうでもいい。マリアの今後をどうするかだ？）

改めて確認しても、マリアは頭がいい。そして村の教育では、限界がきている。

エリザベスが提案するように、学園に入学させるのがいいかもしれない。

「だが、そのためには……」

オレは学校を離れて、ゆっくりと歩きだす。村の光景を眺めながら、感慨にふける。

「マリアが都市に引っ越すということは、オレも付いていくことになる」

これは二日前から悩んでいること。情けないが今回、迷っている原因は、オレ自身にあった。

「つまり、この村は手薄になるということだ……」

正確には村のことを心配する、自身の気持ちが原因。

『今、オレがいなくなれば、村はどうなるのだ？』そう考えると心に迷いが出るのだ。

「今まで村の警備や開拓を、頑張り過ぎていたからな……」

オレが来てから村は、成長している。食糧問題は解決されて、自衛力も上がっていた。

だがまだまだ未熟。オレがいなくなればバランスが崩れる可能性が大きい。特に防衛力に関しては、自警団は成長をはじめたばかり。オレがいなければ危険であろう。

これは自負や自惚《うぬぼ》れではない。冷静に分析しても、村の生活は大変になるのだ。

「それにエリザベスとフェンのこともあるからな……」

あの二人は居候だが、今は家族のようなもの。オレとマリアが都市に引っ越すとなれば、二人はどうなるのであろうか？

エリザベスは公爵家の令嬢であり、今は家出中。おそらくレイモンド家から捜索隊が、出ているであろう。

そんなタイミングで彼女が大都市に行ったら？　捜索隊に見つかる危険性が大きい。

「それにフェンは……」

フェンは野生の魔獣。狭い都市での生活は、合わないであろう。

しかもフェンには〝親の仇を討つ！〟という強い使命がある。

だから故郷である北の山脈から、更に南の都市に移動することを、決して快く思わないであろう。

「そうなったら、エリザベスとフェンと離れて暮らすか？　いや、マリアは悲しい顔をするだろうな」

あの三人は本当の家族のように、仲がいい。

長女なのに、どこか抜けているエリザベス。

次女だけど、しっかり者なマリア。

末っ子で食いしん坊なフィン。

父親としてもヤキモチを焼くくらいに、息がぴったり。

そんな仲良しの三人を、離れ離れに引き裂くのか？　きっとマリアは悲しむであろう。

誰もが悲しむことをしてまで、マリアを学園に入れる必要はあるのか？

「だが、マリアの将来も大事だからな……」

賢いマリアは、これからドンドン勉強に熱中していくであろう。学んでいくほど、更に深い知識を要求してくるはず。

その探求欲は、オレにもよく分かる。剣技を覚えたての時は、常に新たなる技を求めていた。

当時のオレは強さの知識を求めて、大陸中を旅していた。そんなオレだから分かる。

マリアの将来のために、選択肢は多い方がいい。

だから本音を言えば、マリアを学園に入学させてあげたかった。

「だが村が……」

またスタート地点に戻ってしまう。

思考は迷路のようにループする。村の心配をして、また迷ってしまうのだ。

「くっ……戦鬼とあろう者が、情けないザマだな……」

こんな自分の感情の迷いは、生まれて初めてだった。

もしかしたら世界中の父親は、誰もが同じなのか？

子どものために、こうして悩んでいるのかもしれない。だとしたら世の中の父親たちは、本当に凄いものだ。

◇◇◇

悩みながら歩いていたら、いつの間にか家に戻っていた。周りの景色も見ずに、ここまで来てしまったのであろう。

「ん？」

家に近づいて、気が付く。玄関の前に、人だかりができていたのだ。

「あれは……」

集まっていたのは村の青年たち。自警団が武装して、待ち構えていたのだ。

「お前たち、どうした？　訓練はまだ後だぞ？」

青年たちには毎日、戦う技術を教えている。

だが今日の訓練時間には、まだ早い。しかもオレの家は集合場所ではない。

それに今日は全員の雰囲気がおかしい。どうしたのであろうか？

「オードルさん水臭いですよ！」

自警団の団長が口を開く。いつもとは違い、かなり強い口調だ。

「そうです、オードルさん！」

「オレたちのことが、そんなに信用できないんですか！」

「オレたちだって努力しています！」

団長に続いて、団員が次々と口を開く。彼らは何かに対して怒っていた。全員が憤りを隠さずに、かなり荒ぶっている。

「どうしたお前たち？」

荒ぶっている理由は分からないが、オレに文句がありそうな口調である。

「オードルさん……オレたちのことが頼りになりませんか？」

団長が真剣な顔で質問してきた。オレの本音の答えを知りたがっている。

「ああ、そうだな。お前たちは半人前だ」

武に関してオレは嘘をつけない。正直に答える。不器用かもしれないが、これがオレの生き方なのだ。

「分かりました、オードルさん……それならオレたちの力を、今から証明してみせます！」

そう言い放つと、団長は槍先をオレに向けてきた。訓練用とはいえ、まともに当たれば骨が折れる危険な槍だ。

「なんだと、本気か？」

「はい、オレたちは本気です！」

団長は殺気をぶつけてくる。今までの訓練でも見せたことがない本気だ。

「いきます、オードルさん！」

その叫びが開戦の合図であった。団長は攻撃をしかけてくる。

目の前に迫ってきたのは槍先。

「……いい奇襲だな。だが」

いきなりの奇襲で驚いた。

だが、この程度で動じていたら、戦鬼の名がすたる。団長の槍先を、オレは片手で止める。

「それに突きも、かなり上達しているな」

この槍の突き方は、オレが教えた基礎の技。団長はかなり自分で練習していたのであろう。

相手が奇襲をしてきた意図は分からない。だが教官の身として思わず感心する。

「くっ……これを止められるとは……さすが、オードルさん！　でも、オレたちの力はこんなものではありません……いくぞ、みんな！」

「「「ああ！」」」

団長の合図に従い、自警団が素早く行動を開始。あっという間にオレの周りを包囲する。こちらも見事な連携だ。

「「「いくぞぉ！」」」

そのまま全方位から槍で攻撃してきた。先ほどの団長の攻撃は、オレを足止めするための作戦だったのであろう。見事な戦術である。

「これもいい攻撃だな。集団戦闘の基礎だ」

自警団の攻撃も、前に教えた戦法である。『格上の相手にはプライドを捨てて、多人数で包囲しろ』と彼らに教えていたのだ。

それにしても見事な連携攻撃。心の中で感嘆の声をあげる。

「だが甘いぞ、お前たち。上には上がいるぞ！」

全方位から襲ってきた槍を、オレはジャンプして回避。そのまま槍の上に乗り、無防備な青年たちに向かっていく。

さて、この後はどうでる、お前たち？

「むむ、これは？」

槍の上のオレに、十本以上の投げ槍が迫ってきた。それは槍の投擲。別の青年たちが攻撃してきたのだ。

オレの動きを先読みした援護射撃。これまた見事だ。

「やるな、お前たち！」

まさかの三段攻撃に、オレは一気にテンションがあがる。

何しろ、彼らはつい先日まで素人だった農民。それなのに見事な連携で、オレを追い込んでいたのだ。

「かなり自己鍛錬していたな、お前たち？」

投擲の槍を、オレは素手で薙《な》ぎ払う。安全圏に着地して、青年たちの手元に視線を向ける。

彼らの手には無数の豆の跡があった。あれは何千回も槍を振り続けた、鍛錬の跡。

恐らく訓練以外の時間、青年団は自主的に鍛錬を欠かしていなかったのであろう。

自分の家の仕事が終わった後の、休憩時間や睡眠時間。自由を削って、毎日のように鍛錬を積んできたのだ。

全員の手の跡と成長度を見ているだけで、オレは全てを把握できた。

「見事な努力の成果。最高だな、お前たち！」

教え子たちの努力による、急激な成長。教官としてこれ以上の興奮はない。

今オレは、訳も分からず奇襲を受けている。だが、そんなことを忘れるくらいに、テンションが上がっていた。

青年たちの成長と、熱い想いを受けて、戦鬼としての血が騒いでいた。

「だが、こういう相手が敵なら、どうする、お前たち？」

教え子たちの成長に、敬意を払う。

オレは少しだけ本気を出す。闘気を高めて、右の拳に力を入れる。

「破《は》っ！」

一気に右拳を振り回す。オレの闘気術は普通ではない。青年たちの槍は、木《こ》っ端《ぱ》みじんに吹き飛ぶ。

さて、ここまでの実力差は想定外であろう。

この後は、どうやって攻撃をしかけてくるのだ、お前たち？

「退け！　退却だ！」

「「ああ！」」

なんと。自警団は撤退していった。オレをけん制する殿《しんがり》役を残し、次々と撤退していく。見事な撤退ぶりである。

「そうだ。それで大正解だ」

オレは訓練で教えていた。本当に勝ち目がない相手が、村を襲撃してきた時の対処方法……『全てを捨てて逃げろ！』と。

村人が逃げる時間を稼いで、青年団の犠牲も最小限にする作戦なのだ。

「満点だ。本当に、たいしたものだな……」

彼らはオレが教えた通り……いや、それ以上の動きを見せてくれた。

思わず感心して、口元に笑みが浮かぶ。何とも言えない安心感で、心が満たされている。

しばらくして青年たちが戻ってきた。団長が口を開く。

「はぁはぁ……どうでしたか、オードルさん？　オレたちは勝てませんでした。でも教えの通り、負けませんでした……」

オレと戦闘した相手は、体力の消費が半端ない。青年たちは全員が肩で息をしている。

だが、それでも警戒は解いていない。これも訓練通り。最後まで見事な闘志である。

「ああ。オレの予想以上だ。これほどの自警団は、大陸にもそうないであろう」

これは正直な答えである。

村の自警団は、まだ実践不足。だがそれを補えるだけの実力を、すでに身につけていた。何より常に頭を使って戦っていた。

これならどんな野盗団が襲ってきても、村は大丈夫であろう。撤退戦を含めて、見事な連携であった。

「本当ですか、オードルさん!?」

「ありがとうございます！」

「これも全てオードルさんに指導してもらったお蔭です！」

よほど嬉しかったのであろう。オレに褒められて、青年たちは大喜びする。これまでの緊張感が一気に抜けて、自警団に笑顔が戻る。

「オードルさん、お蔭様でオレたちは少しだけ強くなれました！　だから自分の気持ちに素直になってください！　マリアちゃんのために、学園に行ってください！」

「なんだと？　何でその話を、お前たちが？」

いきなり団長が学園の話をしてきた。これには困惑する。

マリアの学園の話は、オレとエリザベスしか知らないはずである。

「黙っていて、申し訳ありません。実は、ここ数日のオードルさんは、何かに悩んでいる顔をしていました！　だからオレがエリザベスさんに、無理をいって聞いたんです！　叱るなら、オレを罰してください！」

そうか、そういうことか。どうやらオレが悩んでいたことは、顔に出ていたらしい。

学校の周りをウロウロしていた姿や、ため息をつく姿。村中で目撃されてしまった。自警団の連中を、ここまで心配させてしまっていたのだ。

「オードルさんが少しくらい離れても、村は大丈夫です！」

「オレたちも頑張るので、自分の気持ちに正直になってください！」

エリザベスから事情を聞いて、青年たちは思った。『自分たちが不甲斐ないから、オードルさんが村を離れない』と。

だから今回オレに、真剣勝負を挑んできたのであろう。自分たちの成長した力を、実感してもらうために。話し合いではなく、武をもって真剣勝負で。

「お前たち……」

これには参ってしまった。まさか指導していた連中に、逆に心配をかけていたとは。

同時に嬉しかった。予想以上に成長した青年たちの姿に。

誰もが真剣な表情で、自信に満ちた顔で、オレを見つめていた。

「フォッ、フォッ、フォ……お前さんの負けじゃ、オードル」

その時、村長がやってきた。顔には意味深な笑みが浮かんでいる。

「村長？　そういう、ことか、ジイさんもグルか」

この様子では村長も気がついて、今回の件に協力していたのであろう。

まったくオレとしたことが情けない。村人全員に心配されていたのであろう。自分のことに手一杯で、周りが見えていなかったのだ。

「オードル……お前さんのお蔭で、村はここまで豊かで、堅牢になった。しばらくは留守にしても、大丈夫じゃぞ？」

「ジイさん……ああ、そうだな。こいつらの顔を見たら、もう心配は無用だな」

青年たちの顔は自信に満ちあふれていた。

自警団の全身は、頼もしい闘気に満ちている。故郷の村のために、必死に努力してきた姿だ。

これなら、どんな困難が襲ってきても、大丈夫であろう。

安心して村を離れられる。

「だが、その前に、マリア本人の意志を聞かないとな……」

テンションがあがり、すっかり忘れていたことがあった。

肝心のマリアが、学園で勉強したい意志があるのか？　まだ聞いていなかったのだ。

「あっ、パパだ！　ただいま！」

そんな時である。マリアが学校から帰ってきた。エリザベスとフェンも一緒だ。

「あれ、みんな？　家の前で、どうしたの、パパ？」

自警団や村長が、勢ぞろいしていた。事情を知らないマリアは、不思議そうに首を傾げている。

「皆と話をしていただけだ。ところで、マリア、勉強は好きか？」

オレは遠まわしな質問が苦手。本人が来たところで、単刀直入に尋ねる。

「うん、大好きだよ！　もっと、いろんなこと、勉強したいよ！」

満面の笑みで、マリアは即答してきた。先ほど学校で勉強してきた内容を、誇らしげに見せてくる。

「実は、マリア……この村から離れた街に、もっと色んなことを勉強できる〝学園〟という大きな学校がある。そこは大陸中のことを学べる。マリアは学園に興味はあるか？　もちろん、パパも一緒に付いていく」

慎重に言葉を選んで、マリアに尋ねる。

小さな子どもに押し付けや、誘導尋問はよくない。あくまでも本人の意志を最優先したいのだ。

「がくえん！　エリザベスお姉ちゃんに、聞いたことある！　すごく、いってみたい！　マリア、色んなこと、べんきょうしてみたい、パパ！」

マリアは迷うことなく即答してきた。本当に勉強が好きなのであろう。

学園がどんな所なのか？　どんなことを教えてくれるのか？　目を輝かせて尋ねてくる。

「まあ、学園のことは、ゆっくり話してやろう。だが、マリア。学園に通うとなると、この村を離れることになる。つまり村の友だちと、一年くらい離れ離れになる。それでもいいのか？」

友だちと離れる。これもオレが気になっていたことだ。

一般的な学園には、一年単位で通える。つまり最短でも一年以上は、マリアは友だちと離れるのだ。

小さな子どもにとって、辛い選択であろう。

「友だちとはなれるの、さびしい。でもパパがいれば、マリア、平気だよ！　だって、パパのこと大好きだから！　がくえん……行くの、楽しみだね！」

心配は杞憂であった。マリアの心はすでに、学園に向かっていた。

新たなる知識に対する探究心で、その目はキラキラ輝いている。

（まったくオレとしたことが……）

『子の心、親知らず』とはよく言ったものだ。オレはマリアのことを、知らずに迷走していたのである。この二日間の迷走は無意味だったのだ。

まったく……父親というのは本当に難しいもの。だがやりがいのある存在だな。今回は改めてマリアに教えてもらった。

「さて、そういう訳だ。エリザベス、フェン」

マリア当人のことは解決した。次の大きな問題に移る。

エリザベスとフェンにも、今回の事情を説明しておかねば。

「愚問ね。もちろん、私もオードルと一緒に引っ越すわよ！」

「なんだと？　お前、正気か？」

エリザベスは、現在家出中である。大都市に引っ越したら、捜索隊に見つかってしまう危険が大きい。それなのにオレに付いてくるだと？

「私は正気よ、オードル。ねぇ、フェン。お前も行くわよね？」

『ワン！』

「よし、フェン。それなら、さっそく準備をするわよ！」

『ワンワン！』

エリザベスとフェンも即答だった。一緒に付いていくと宣言。早くも引っ越しの準備を始める。

何という気の早さであろうか。

だがオレにとっては有り難い返事であった。

「という訳だ、ジイさん。いや、村長。しばらく村を留守にする」

「ああ、元気でな、オードル」

村長に引っ越すことを、改めて報告する。

「それから、お前たち。村のことは頼んだぞ。とにかく自分の命を最優先で、守ってくれ」

「「はい、オードルさん！」」

自警団に村の警備を託す。青年たちは頼もしい返事で、笑みを浮かべていた。本当に頼りになる連中に育ったものだ。

（引っ越しか……さて、忙しくなりそうだな……）

全ての問題が解決した。

こうしてマリアの学園入学のために、オレたちは村を離れることになったのだ。

第九章

引っ越しを決意した日から、数日後。引き継ぎ作業の準備は、順調に進んでいた。

そして、旅立ちの朝がやってくる。

「さて、荷造りか……よし、こんなところでいいか？」

家の中で、オレは荷造りを完成させる。

自分の私物はそれほど多くはない。大きめのリュックサックひとつで済んだ。

傭兵時代には旅慣れていたので、あっという間に終わらせてしまった。

「マリアの分はこれと……これでいいだろう」

五歳のマリアには、まだ旅の準備は難しい。オレが手早くやる。

リュックサックの中に、マリアの衣類を詰め込んでおく。先日キャラバンで買い物した洋服、スカート類も入れてある。

「まだ余裕があるな」

このリュックサックは鉄大蛇の皮から作った自家製。伸縮性にも優れており大容量だ。

「あとは……これと、これも、一応は持っていくか」

マリアのお気に入りの人形とオモチャも、すき間に詰め込んでおく。

娘はまだ幼い女の子。慣れない街での暮らしに、お気に入りのオモチャは必要であろう。ついでフェンのお気に入りの骨も入れておく。

「よし、いい感じだな、後は食料を詰め込んで、完成だな」

目的の街までは、急ぎ足でも数日かかる。道中の保存食も、詰め込んでおく。

保存食はあくまでも最低限の量にしておこう。足りなくなったら、街道沿いで獣を狩れば何とかなる。

今回の旅はオレにとって、散歩のような近距離。最小限の荷物で済ませておく。

「よし、これで完成だな。マリア、着替えは済んだか？」

荷造りが完成した。隣の部屋で準備していたマリアに、声をかける。

「うん、パパ！」

マリアも旅の準備を終えてやってきた。動きやすい格好に着替えている。いつもの薄着の服よりも、少しだけ旅人っぽい服を選んでいた。

「なかなか似合うな、マリア」

「えへへ……ありがとう、パパ！」

服のチョイスを褒められて、マリアは照れくさそうに喜んでいた。旅用のスカートをヒラヒラさせて、舞い上がっている。初めての旅に、テンションが上がっているのであろう。

さて、残りの二人。エリザベスとフェンも準備は終わったかな？

集合場所の玄関へ向かうことにする。

「お待たせ、オードル！」

噂をすると、エリザベスがやってきた。愛馬に荷物を積んで、用意は万端。彼女も遠征が多い騎士なので、旅の準備も手慣れていたのだ。

「それにしても武具が多いな、エリザベス？」

エリザベスは荷物の他に、武具も用意していた。騎士の短槍と剣。弓矢と大型の盾も、馬に載せている。

騎士の鎧は動きやすい簡易型。それでも結構な重装備である。

「このご時世、街道沿いでも、賊が出る可能性もあるわ」

なるほど、そういうことか。たしかにエリザベスの言葉も一理ある。

いくら街道の旅とはいえ、油断は大敵。用意しておくに越したことはないのだ。

「ところでオードル……あなたは武器を持っていかないの？」

「オレか？　ああ、そうだな。武器を持っていないからな」

自分専用の愛剣は、王都の鍛冶屋に置いてきた。

だから今回持っていくのも、小さな果物ナイフが一本だけ。道中で上手そうな果実を見つけたら、マリアにむいてあげよう。

「このご時世に、そんな小さなナイフ一本ですって？　まあ、オードルなら心配はいらないのね」

エリザベスは苦笑いしていた。たしかにこんな貧弱な武器で、旅する者は他にはいないだろう。

だが今のオレは普通の村人。このくらいが怪しまれずに、ちょうどいいであろう。

ちなみに鎧だけは着ていくことにした。

鉄大蛇の鱗と皮を繋ぎ合わせた、自家製の鱗鎧《スケール・メイル》。要所だけ守る簡易鎧だが、防御力はかなり高く、隠密性にも優れている。黒い外套《がいとう》で隠しているので、パッと見は旅人に見える防具だ。

「さて、あとの一人……一匹は、どこにいたかな？」

『ワン！』

フェンが足元で鳴く。最初から準備を終えて、玄関前で待機していたようだ。

何しろ獣であるフェンは、着替えや荷物などは不要。人でいう裸一貫の旅である。

「さて、そろそろ出発するか」

全員の準備が終わったところで、家から出発することにした。まず向かうは村の正門である。


家から村の正門まで、三人と一匹で向かう。

「オードルさん、お気をつけて！」

「マリアちゃん、また、遊ぼうね！」

「エリザベス先生も、また戻ってきてね！」

正門で村人が待ちかまえていた。誰もが温かい声をかけくる。

しばらく村を留守にするオレたちを、見送りに来てくれたのだ。有りがたい好意である。

「早めに帰ってくる。その間、村のことは頼んだぞ、みんな」

今回の引っ越しは、一年間だけの予定。永遠の別れではない。マリアの初等教育が終わったら、村に戻ってくるのだ。

「オードルさん、これお弁当です。みんなで食べてください！」

「マリアちゃんには、これを。村の伝統的な洋服だよ」

「エリザベスさんとフェンには、このお守りを！」

村人たちから沢山の餞別《せんべつ》を貰《もら》った。わざわざ用意してくれたのであろう。かなりの量がある。

この村もまだまだ決して豊かではない。だが誰もが心を込めた贈り物をくれた。

故郷……そんな想いがこもった見送りである。

「よし、いくぞ」

村の皆の想いには、後ろ髪を引かれる。だがいつまでも感傷に浸っていたら、出発できない。

オレは心を鬼にして号令をかける。

「ところで、オードル。マリアはどうやって移動させるつもりなの？」

村からの出発直前。エリザベスが不思議な質問をしてきた。

「なんだと、エリザベス？　もちろん、マリアが自分の足で歩いて……あっ、そうか」

指摘されて大きな問題に気が付く。問題とは『マリアの移動手段』である。

（マリアに自分の足で歩いてもらうか？　いや、ダメだ）

マリアは健康な体。だが旅は初めてで、長時間の移動は難しい。

幼い娘に、そんな無理はさせられない。

（エリザベスの馬に乗せてもらうか？　いや……山道で落ちたら危険だ）

今回通るのは、街までの最短ルート。少し険しい山の獣道である。

訓練された軍馬とはいえ、馬の上はかなり揺れてしまう。五歳の幼女のマリアには危険すぎる。

（では村の荷馬車を借りて、乗せていくか？　いや、あの狭い山道を、荷馬車は危険過ぎるな……）

先日の山賊のところからもち出した、荷馬車と馬が村にはあった。だが馬と同じような理由で、この案も却下である。

（くっ、しまった。オレとしたことが、見落としていたな）

ここに来て、大きな問題が発生してしまった。このままではマリアを連れて旅ができない。

なにか解決策を考えなければ。

「それなら〝抱っこ〟していけばいいんじゃない？」

さも当たり前のような顔で、エリザベスは提案してきた。

「抱っこだと？　誰が誰を、抱っこするのだ？」

だが、その意味が分からなかった。もう少し分かりやすく提案してくれ。

「もちろん、オードルがマリアを抱っこするのよ。問題ないでしょう？」

「オレが、マリアを？　……なるほど、そういうことか！」

ようやく意味が理解できた。エリザベスの提案に、目から鱗が落ちる。

何しろオレの身体能力は高い。マリアぐらいの体重なら、左腕で簡単に抱きかかえられる。

さらに体重移動に少し気をつけたら、無振動で運ぶことも可能。幼いマリアに負担をかけることなく、遠くの街まで移動できるのだ。

「エリザベス。素晴らしいアイデアだな。さすが教師だな」

「そう？　普通の父親なら、そうするわよ」

なるほど。

普通の父親とは、娘を抱っこしながら移動するのか。今までしたことが無かったから、気がつかなかった。

よし。作戦は決まった。エリザベスの案を採用しよう。

「という訳だ、マリア」

マリアの目の前まで進む。抱きかかえるために。

「パパ、だっこ！」

マリアは両手を広げてきた。その姿は可愛らしい。

いや……可愛らしいレベルを、遥かに突破していた。喩えるなら、神話に出てくる聖母神のような笑顔だ。

くっ……眩《まぶ》しすぎる。オレは思わず後ずさりしてしまう。

何万の敵兵を前にしても、一度も後に退いたことがなかった戦鬼オードル。そんなオレが初めて後ろに退いてしまったのだ。

だが、ここで退く訳にいかない。父親として頑張らないと。大陸中の父親が通ってきた試練を、オレも乗り越えるのだ。

「よし……いくぞ、マリア」

「うん、パパ、だっこ！」

マリアをそっと抱きかかえる。

今まで抱きかかえたことのない娘を、初めて自分の手で抱きかかえる。

マリアを潰さないように、胸の高さにまで上げていく。

「すごい、パパ！　たかい、たかい！」

抱っこされて、マリアは嬉しそうだった。満面の笑みで喜んでいる。

（これが〝抱っこ〟……マリアの……娘の温かさか……）

一方、オレも感動に浸っていた。

初めて感じた娘の温かさに、なんともいえない感情が込み上げてきた。

（マリアを……オレの娘の人生を、大事に守っていかないとな……）

心の奥から込み上げてきたモノ。

それは父性と呼ばれる感情。

孤児であるオレが初めて感じた、家族への想いであった。

こんな温かいものが、この世の中にあったとは……。

本当にマリアには、いつも学ばせてもらっている。

「さあ、オードル、いきましょう？　って……泣いているの？」

エリザベスに指摘されて気が付く。自分の目から、涙がこぼれ落ちていたことに。

まさに『戦鬼の目にも涙』だった。

「目にゴミが入っただけだ。さあ、行くぞ！」

こうして温《ぬく》もりを感じながら、オレたちは故郷の村を旅立つのであった。

◇　◇　◇

村を旅立つオードル一行の姿を、遠くから見ていた者がいた。

美しい顔の女である。

歳は二十代くらいであろうか？

若くも見えるが、大人の女性にも見える。

薄いローブの上からでも分かる妖艶な身体つきだ。

『マリア……』

女の視線の先にいるのは幼女であった。

初めての旅に大興奮しているマリアの姿を、静かに見つめている。

『これから街に向かおうとしている？　何のために？』

村人から聞き出したところ、一行は街に引っ越すと言っていた。

理由までは聞くことは出来なかった。

だが女は気にしてはいない。

マリアが住む場所は、それほど重要ではないのだ。
『戦鬼さえ側にいれば、問題はない』
女にとって重要なのは、マリアの側に戦鬼がいること。
そのため引っ越しは些細な転換にすぎない。
『マリアと戦鬼が出会うことによる変化……それだけ観察できれば、いい』
女にとってマリアは観察対象。
戦鬼は環境的な要素であった。
『マリア。期待通りに成長してちょうだい……』
自分の手で介入するつもりはない。
運命の歯車に委ねて、成長を見守っていくのだ。
『ん？　笑った？』
そんな時。
戦鬼に高く抱きかかえられて、マリアはひときわ笑顔になる。
まるでこの世の全ての幸せを集めたような表情だった。
『あんな嬉しそうな顔は、初めて見たわ……』
女は眉をひそめる。
嬉しそうな顔をしているマリアを見て、不思議な感情が込み上げてきたのだ。
自分には見せなかった顔を、マリアが戦鬼に見せたことに。

この初めて抱く感情は何だろうか？
高い知能をもつ女でも知らない感情であった。
『マリア……私の娘……？』
女にとってマリアは〝娘〟にあたる存在であった。
五年前に自分で産んだにもかかわらず、未だに女にその実感はない。
母性という感情が理解できないのだ。
『戦鬼……マリアの父親……私の夫？』
同じく〝愛情〟いう感情も理解できていなかった。
女にとって戦鬼は種にしか過ぎない存在。
マリアを誕生させるために利用しただけなのだ。

『えっ？　こちらに気がついた!?』
その時、女は驚愕した。
戦鬼がこちらの視線に気がついた。
一瞬だけだが鋭い眼光で睨んできたのだ。
『あり得ない……』
女が驚くのも無理はない。
ここから戦鬼一行がいる場所は、遠く離れている。

山脈をいくつも越えた先であり、向こうから肉眼で感知されるはずはないのだ。
『今の月はここまでか……』
女は冷や汗をかきながら、遠見の術を解除する。
これ以上の観察は危険だと判断したのだ。
『戦鬼……人族最強の戦士……か』
改めて驚愕する存在。
普通ではない勘の良さ。
尋常ではない強靱な肉体と魂の戦士。
だからこそマリアを産むための種として利用したのだが。
『戦鬼……』
マリアの覚醒には刺激が必要だった。
だから父親である戦鬼の元に戻した。
『油断はできない……』
今後も定期的に観察を続けていく必要がある。
計画とは違うマリアの成長があれば、強制的に介入する必要があるであろう。
『マリアと戦鬼……オードル』
何かの感情が芽生えることを期待して、女は最後につぶやく。
家族と呼べる人物の名を。

だが今度は何も込み上げてこなかった。

『さて、作業にもどるとするか……』

女は機械のような表情に戻る。

そして暗い闇の奥へと消えていくのであった。

エリザベスの追跡術

オードルが王都の屋敷で襲撃を受けてから、数日後の話である。


「オードルが死んだですって!?」

遠方から帰還したエリザベスは、王都で悲痛な叫びをあげる。

『傭兵団長オードル。王都の邸宅の火事で焼死』部下からのその悲報を受けたのだ。

「そんな……信じられないわ！　今すぐ現場に行くわよ！」

あの戦鬼オードルが火事ごときで死ぬわけがない。エリザベスは急いで火事跡に向かうのであった。

「本当だわ……全部焼け落ちているわ……」

煙の嫌な臭いが残る現場を目の前にして、エリザベスは言葉を失う。何度も通ったオードル邸が、本当に跡形もなくなっていたのだ。

「ん？　お前は何者だ!?」

「ここは立ち入り禁止だぞ！」

立ち尽くすエリザベスに、数人の兵士が近づいてきた。現場を警備している王国の兵士団。怪しげなエリザベスを警戒している。

「何者って？　私はエリザベス・レイモンドよ！　文句あるの？」

一方でエリザベスも殺気だっていた。慕っていたオードルの焼死の噂に、あり得ないくらいに苛立っていたのだ。

「レ、レイモンド家のエリザベス姫様!?」

「剣姫様！　こ、これは大変失礼いたしました！」

エリザベスの身分を確認して、兵士たちは顔を青くする。

何しろレイモンド公爵は現国王の弟君。令嬢のエリザベスは、王位継承権もあるお姫様なのだ。

「有事だから無礼は許すわ」

気は強いが真面目な性格。不敬ごときで兵士を罰したりしない。

「それより、火事の状況を教えてちょうだい？」

今の彼女が優先しているのは、火事の情報を得ること。戦鬼オードルの安否であった。

「はっ、剣姫様！　実は……」

警備兵から話を聞いていく。

数日前の未明。傭兵団長オードル邸から火の手が上がったと。

火消しの兵団が到着した時には、すでに手遅れの状態。館は業火によって崩れ落ちていた。

全てが燃え尽きたタイミングで、鎮火の作業に入る。

鎮火に協力していた黒羊騎士団が、オードル本人の焼死体と防具を発見。身元確認のために、そのまま王城へと運んでいったという。

確認した国王は翌日、オードルの焼死を発表したのだ。

「なるほど……そういうことだったのね」

話を聞いてエリザベスは大きく頷く。話の全容が見えていたのだ。

「ありがとうね。じゃあ、警備の方は頑張ってね」

エリザベスは思いつめた表情で現場を離れて、王城へと向かうのであった。

真っ先に向かったのは、国王の元。オードルの焼死体を確認するためである。

「伯父上陛下！　どうしてオードルの遺体を見せてくれないの？」

「エリザベス、それはならん！」

「なぜなの！」

「ワシの可愛い姪っ子のお前でも、この件には口を出すな！」

だが遺体の確認は、国王に拒否されてしまった。屈強な近衛騎士団が、エリザベスの前方を塞《ふさ》いでいる。

「あんな下賤な男のことは忘れるんじゃ、エリザベス。お前にはもっと相応《ふさわ》しい相手がいる。ちゃんと身分がある貴族で武勇名高い者を、伯父であるワシが探してやろう！」

エリザベスがオードルを慕っていたことは、誰もが知っていた。気が付いていないのはオードル本人であろう。

だから伯父である国王は、今は内心で安堵していた。身分が不釣り合いのオードルが、この世から消えてくれたことに。

「分かりましたわ、伯父上陛下……」

エリザベスは下を向いて、急にしおらしくなった。

「おお、そうか、エリザベス！　少し部屋でゆっくりしておれ」

オードルの死を受け入れて、観念したのであろう。国王からは、そう見えていた。

「はい……」

エリザベスは元気のないまま、王城の自室へと向かうのであった。口元に小さく笑みを浮かべながら。


その日の深夜、エリザベスは行動を起こす。

厳重な警備下におかれた自室から逃げ出したのである。元気がなかったのは、国王を油断させるための演技だったのだ。

『今までお世話になりました。旅に出ます。捜さないでください。エリザベスより』そんな置手紙を書いて、愛馬と共に王都から姿をくらましたのである。

「さて……遠くに行かれないうちに、私のオードルを見つけないとね！」

こうして僅《わず》かな金品を手に、エリザベスは旅に出たのであった。

最初にエリザベスが向かったのは、王都近隣の宿場町。オードルの移動した経路を調べるためだ。火事から秘密裏に脱出したのなら、旅の荷物の無い状態であろう。それなら、どこかの宿場町に立ち寄るはず。エリザベスはそう読んでいたのだ。

「ねえ、そこのあんた。この街の情報通なんですって？　こういう人を見なかった？　情報を買うわ？」

宿場町の顔役に接触する。王城から持ってきた金貨で、オードルの情報を買うためだ。

「『獅子のような髭と銀髪のイケメンの大男』だと？　知らないな？」

「そう分かったわ」

戦鬼オードルは目立つ風貌をしている。だがこの宿場町に目撃情報はない。

エリザベスは次の宿場町に移動。再度聞き込みをしても、情報は得られなかった。

（もしかしたら変装しているのかしら？）

トレードマークの髭と長髪を切ったなら、正体はバレないし、パッと見は別人に見えてしまうに違いない。

（変装したのね……賢いオードルのことだから、有り得るわ！）

エリザベスは知っている。オードルは戦士として優秀なだけではない。賢者並の明晰《めいせき》な頭脳も持っているのだ。

「さて、私も移動しなきゃね。追手が来そうだわ」

エリザベスも逃亡者である。今は流れの騎士として、みすぼらしい変装をしていた。だが国王直属の追跡部隊はしつこい。捕まる前に、オードルを見つけないといけないのだ。

「じゃあ、次は傭兵団の連中に会いに行かないとね！」

オードルの情報を一番よく知っているのは傭兵仲間。部下のオードル傭兵団の連中だ。火事の直後に、駐屯所から姿をくらましていた。

ここまでの情報によると、彼らは帝国領内に移動したという。身の危険を察知して、ライバル国に亡命したのであろう。さすがは私のオードルの部下たち。賢い判断である。

「さて、長い旅になりそうね」

こうしてエリザベスは愛馬の進路を帝国に向ける。

道中は苦難の連続であった。

しつこい国王からの追跡部隊を、何度も返り討ちにしていく。王国の検問も知恵を使って突破……力技でくぐり抜けてきた。

「ふう……なかなか刺激的な道中だったわね」

こうしてエリザベスは帝国の首都〝帝都〟に、無事に潜入するのであった。

「さてと……」

帝都に潜入したエリザベスは、金を使って情報を仕入れていく。オードル傭兵団を捜して、接触するためだ。

「やっと見つけたわ。久しぶりね、あなたたち？」

たどり着いた先は、帝都の小さな酒場。見たことのある傭兵たちに声をかける。彼らはオードルの元部下たち……オードル傭兵団の団員だ。

「あ、あなたはエリザベス様!?」

「な、なんで王都の剣姫様が、こんな場所にいるんだ!?」

突然現れたエリザベスを見て、団員たちは驚愕する。まさか王国のお姫様が、単身で帝都に潜入してくるとは、誰も予想もできなかったのだ。

「単刀直入に聞くわ？　この中で〝私のオードル〟の故郷を知っている人いる？」

騒然とする団員に構わず、エリザベスは質問する。オードルは秘密主義。だが団員の誰かは、知っているのであろうと予想していたのだ。

「悪いが、それだけは教えらない」

「いくら剣姫様であろうが、団長の故郷だけは、汚させるわけにはいけねえ！」

オードルの話になって、団員たちが殺気立つ。エリザベスのことを王都からの追手だと、勘違いしているのであろう。

「勘違いしないでよね？　私はオードルに害はなさないわ？」

「信じられるか!?　団長が粛清された今、お前たち王家の者は信用ならない！」

「そうだ！　今まで団長に近づいていたのも、今回のためだったんだろう!?」

団員たちは疑心暗鬼にかかっていた。これも仕方がないであろう。慕っていた団長オードルが、何者かに消された。おそらくは大きな力……王家の力に。

だから団員たちは帝国に亡命したのである。いつか王国に復讐をするために。

そしてエリザベスは王位継承権もある姫。敵側だと勘違いしているのだ。

「まあ、その反応も仕方がないわよね」

エリザベスは団員たちの態度に、怒る気はない。何しろ彼らも被害者。オードルを失って傷を負ったものなのだ。

「でも、悪いけど、時間がないのよね？　早くオードルの故郷の情報を、教えてちょうだい？」

さっきの返答で、エリザベスは確信した。この中の誰かが、故郷の情報を知っているのであろう。

「剣姫様よ。それは無理な注文だぜ！」

「ああ、そうだぜ！　オレたちは戦鬼オードルの部下だった傭兵だ！」

「知りたかったら、腕ずくできな！」

十数人いる団員は剣を抜く。威嚇ではなく本気だ。

オードル傭兵団では問題は、剣で全て解決する。弱者は強者に従うルールなのだ。

「まったく男って、単純よね……まあ、私も、そういうのは嫌いじゃないけど」

応えるようにエリザベスも剣を抜く。本気で闘気を高めていく。何しろ相手は大陸最強と名高いオードル傭兵団。

この酒場に幹部連中はいない。だが一般団員でも油断できる相手ではない。剣姫エリザベスも本気を出すのだ。

「峰打ちだけど、私のはかなり痛いわよ……じゃあ、いくわ！」

こうしてオードルの情報を賭けた喧嘩が始まる。

傭兵団員十三人対エリザベス一人の本気の喧嘩だ。


数分後、結果はエリザベスの勝利。

約束通り情報は彼女の手に渡った。

「おい！　お前たち、大丈夫か!?」

「副団長……申し訳……ありません……」

騒ぎを聞きつけた幹部が到着。だが時すでに遅し。エリザベスは酒場から、姿をくらましていたのだ。

「さて、いよいよ、オードルの故郷ね！」

満面の笑みのエリザベスは、オードルの故郷に向けて帝都を出発した。


それからさらに数日が経つ。

帝都を離れたエリザベスは、とある辺境の地域に来ていた。

団員から入手した情報によると、この辺りにオードルの故郷があるのではないか、という話だった。詳しい村の名前までは彼らも知らなかった。何せオードル自身が故郷について語ったことはなく、その団員も一度だけ何かの流れで自分の故郷の近辺でしか食されない植物の話題について、オードルだけが理解を示していたことで自分の故郷と近い場所にオードルの故郷があるのでは？　と推測しただけなのだと。

「さて、ここからは虱潰《しらみつぶ》しで調べていかないとね」

この地域は空白地帯。王国や帝国にも所属していない辺境の小さな村がある。オードルの名前だけを手掛かりに、捜していくしかないのだ。

地道な作業が何日も続いていく。

村を見つけてはオードルの名前を出して、村人に尋ねる。

空振りに終わっても、めげる暇はない。すぐに近隣の村へと向かう。

かなり精神的に辛い調査である。

ここまでの長旅で、エリザベスは薄汚れた格好になっていた。ある村では山賊と間違われて、弓を射られたこともある。それほど苦難の旅路だった。

「さて、次はあの山の向こうの村ね」

だがエリザベスは挫《くじ》けることはなかった。少しずつだがオードルの故郷に近づいている。その想いだけは前進していたのだ。

「ふう……この地域だと、あそこが最後の村ね？」

北の辺境の村が見えてきた。地図にも載っていない小さな集落である。

ここがダメなら探索の方針を、大きく変更する必要があった。

一体オードルはどこに去ったの？　とにかく最後の一縷《いちる》の望みを託して、エリザベスは村の門へ向かうのであった。


「私は王都から来た騎士よ。この村にオードルという男の家はないか？　銀艶《シルバー・シルク》色の髪をしているイケメンの戦士よ」

村の門番の青年に尋ねる。この聞き込みのセリフは、もう何回口にしたであろうか。何度も空振りに終わった質問である。

「えっ？　オードルさんの知り合いですか？」

だが今回は当たりだった。門番の青年の反応を、エリザベスは見逃さなかった。

「あるのね!?　オードルの生家が!?　どこにあるの!?　早く案内しなさい！」

ようやくたどり着いた目的の村。エリザベスは思わず興奮してしまう。

「ちょ、ちょっと、待ってください騎士様。規則で村には、勝手に入れません。とにかく村長を呼んでくるので、ここで待っていてください」

焦るエリザベスは足止めをくらった。完全武装の騎兵を村には入れられない。常識的に考えたら門番の対応は常識的であろう。

「分かったわ……早くしてよね」

長旅で疲れたエリザベスにとって、辛い待ち時間となった。早くしてくれ。

それにしても、こんな辺境にオードルの生家があったのね。もしかしたら本人が家に戻っている可能性もあるのだ。

「オードルの気配は……今のところないわね？」

闘気術で感覚を鋭敏にして、村の中を探る。オードルの気配は感じられない。

だが、あの戦鬼にとって、気配を消すのは造作もないこと。村の中にいるかもしれない。とにかく彼の生家に行って、この目で確認しなければ。

しばらくして村長がやってきた。数人の村人を引き連れてきている。かなり警戒した様子だ。

「私は王都から来た騎士エリザベスよ。あの人……友人であるオードルの家を探しているの？　案内してちょうだい」

エリザベスは馬から降りて、兜を脱いで自己紹介をする。村長に対して、こちらに敵意がないことを表す。

「はて？　オードル？　そのような村人は、ここにはいませんが？」

村長はしらばっくれていた。そんな村人は知らないと、首を傾げる。

恐らくは怪しい女騎士を警戒して、嘘をついているのであろう。村長として村人を守っているのだ。

「そこをどけ！　私はオードルの家に、用事があるのよ！」

だが今のエリザベスには余裕がなかった。思わず興奮して声を上げてしまう。

「……」

エリザベスの叫びに反応して、村人の一人の視線が動く。無意識にオードルを心配した視線。

「オードルの家は、あっちね。どいて！　私一人で行くわ！」

腕利きの騎士であるエリザベスは、村人の反応を見逃さなかった。視線の先にオードルの家があるはず。再び愛馬にまたがって、その方向へと駆けていく。

「あそこね？」

エリザベスは村の中を進んでいく。進行方向に小さな家が見えてきた。恐らくあそこがオードルの生家だ。女の勘で理解していた。

「ようやくね……」

エリザベスは思わず笑みをもらす。あと一つ小さな橋を渡るだけで、たどり着く。憧れていた存在であるオードルの家へ。慕っていた人の生家へ。

だが事件が起きる。

橋の直前で怪しげな男が、襲来してきたのだ。

「ふう……お嬢さん。悪いが、ここから先は通行止めだ」

どこからともなく現れた仮面の大男が、前方に立ちふさがった。素手であるが、まったく隙《すき》がない。エリザベスは馬を止めて、最大級の警戒をする。

「怪しい奴め!?　私は王国騎士エリザベス！　そこをどけ！　私はオードルの生家に用があるのだ！」

エリザベスは馬上から威嚇する。ここで足止めをくらっている暇はない。早くしなければ騒ぎを聞きつけて、オードルが逃げ去ってしまう危険性もあるのだ。

「オードルさんとは隣の家同士だった。従兄弟で、赤の他人ではない。だから村の掟で、ここを通すわけにはいかない」

えっ……オードルの従兄弟？　まさかの言葉に、エリザベスの気が一瞬だけ緩む。

男の顔は仮面で見えない。だが、あの人と同じ銀艶《シルバー・シルク》の短髪。雰囲気もどこかオードルに似ている。

「これが最終警告よ……そこをどきなさい！」

だがエリザベスは心を鬼にして、気を引き締め直す。もしかしたら、この従兄弟は足止め役の可能性もある。こうしている内にオードルは、遠くに消え去っているかもしれないのだ。早くそこをどいて！

焦っていたエリザベスはキレてしまった。抜剣して、仮面の男に斬りかかる。

「礼儀を忘れた愚かな騎士には、これで十分だろ？」

「キサマ……斬る！」

相手は洗濯棒で立ち向かってきた。そんな木の棒は細切れにして、峰打ちで眠ってもらうわ！

「さて……ちょっと、頭でも冷やしておけ、エリザベス！」

だが逆に吹き飛ばされたのは、エリザベスの方だった。

信じられないことに相手は、素手で真剣を受け止めたのだ。直後、エリザベスは投げ飛ばされてしまったのだ。

「えっ？」

エリザベスですら何をされたのか気がつかない早業。小川の中に落水してから、ようやく何が起きたか気がついたのだ。

「こ、この投げ技は覚えがあるわ……はっ!?　これはオードルの技!?」

間違いなかった。

剣姫と呼ばれた自分の剣を、素手で受け止め。赤子のように放り投げる。こんな馬鹿げたことが出来るのは、大陸広しといえども一人しかいない。

「まさか、キサマ……お前は、オードル本人なのか!?」

こうしてエリザベスは旅を終える。

戦鬼と呼ばれた男、捜していた想い人オードルと、辺境の村で再会するのであった。

◇　◇　◇

この後に色々あって、エリザベスは村に住むことになった。憧れのオードルの家に居候だ。

王都から始まった彼女の長きにわたる旅は、ようやく終わりを告げた。

だがエリザベスは気が付いていなかった。

オードルとの暮らしは……オードル一家との波乱に満ちた人生は、まだ始まったばかりだということに。

「さあ、行きましょう、オードル！」

だが幸せの環境にいる彼女にとって、波乱さえも楽しみの一つなのだ。

フェンとオードルの出会い

大陸の北にある大山脈。

寒さは厳しいが、自然豊かな場所である。

ここでは遥か昔から、白魔狼族が暮らしていた。

白魔狼族は上級魔族であるが、無益な争いを好まない種族。自然と調和して山の守り神とされていた。

そんな白魔狼族にある日、事件が起きる。

北方の谷に住んでいた黒魔狼族が、突如として攻め込んできたのだ。

白魔狼たちは、ただちに迎え撃つ。無益な争いを好まないが、戦いとなれば白魔狼族は勇敢な戦士と化すのだ。

圧倒的な力を持つ白魔狼が勝利する……と一族の誰もが思っていた。

だが悲劇は起こる。

優勢に戦っていた白魔狼族の戦士たちに、異変が起きた。戦士たちは謎の黒い霧に包まれて、魔獣としての力が弱まってしまったのだ。

更に黒い霧に乗じて、黒魔狼族が奇襲をしかけてきた。それによって勇敢な白魔狼の戦士の多くが命を落とした。

勢いに乗った黒魔狼族は、白魔狼族の里まで押し寄せてくる。戦える者も少ない白魔狼族は、今は風前の灯火となっていた。


白魔狼族の里は惨劇の場と化していた。

つい数日前までは高原に花の咲き乱れていた里。今は白魔狼の無残な血で真っ赤に染まっていたのだ。

それでも残虐な黒魔狼族の追撃は止まない。里は完全に包囲されて敵の手におちる寸前。

残るは神樹の中にある族長の一族だけであった。

「白魔狼の族長として、我々の誇りを見せてやる！」

族長は敵の中へと突撃していく。その身体は流星のように輝き、敵を薙ぎ払っていく。

だが多勢に無勢。黒魔狼の牙を受けて、族長は血まみれになっていく。

「父上様！　父上様！」

穴の中に残されたボクは叫ぶ。

自分の命を助けるために囮《おとり》となった父親を、追いかけようとする。

「行ってはダメです！　あなただけは生き残らなければなりません！」

「でも、母上様！」

幼い我が子の無謀を、母親が止める。その力は強く、まだ幼いボクは抗うことはできない。

「ああ……愛しの我が娘よ……どうか私たちの分まで幸せに生きてちょうだい」

「いや！　ボクも戦う！　母上様や父上様と、最後まで戦う！」

「それはダメです！　あなたは私たち白魔狼族の最後の希望なの。この川の流れに乗って、南の土地で静かに暮らしてちょうだい……さよなら……」

母上はボクのことを、水流の中に突き落としてきた。洞窟内の水の流れは速く、一度落ちたら這《は》い上がることはかなわない。

「さよなら……私たちの愛しい娘よ……」

母上の目に涙が浮かんでいた。自分の身を犠牲にして、我が子を下流へと逃がしたのだ。

「母上様！」

激流に流されながらもボクは叫ぶ。

だが、その声は激音に阻まれて、届くことはなかった。

「母上様……父上様……」

激流から滝つぼに落ちた衝撃で、そのまま意識を失う。遥か下流へと流されていくのであった。

それから数日が経つ。

「うう……ここは……？」

流れついた川岸で、ボクは目を覚ます。

どのくらい意識を失っていたのか、見当がつかない。流れ着いた先は見知らぬ森の中であった。

「はっ！　母上様!?　父上様!?」

思い出した。自分の生まれ故郷の惨劇を。自分を逃がすために囮になった両親のことを。

「早く里に戻らないと！　でも、ここはどこ!?」

かなり下流に流されてしまったのであろう。森の景色は故郷の山脈とはまるで違った。里に戻ろうにも、方角すら見当もつかないのだ。

『ワォーーーん！　ワォーーーん！』

ボクは吠える。父親と母親の名を吠えて叫ぶ。

反応して。この咆哮《ほうこう》を聞いたなら、同族なら必ず反応してくれるはずだ。

『ワォーーーん！　ワォーーーーん！』

ボクは何度も吠える。ノドが潰れるほどに、高く悲痛な咆哮を上げる。

だが咆哮が返ってくることはなかった。いつまで経っても。

「くそっ。こうなったら北の大山脈を目指そう！　必ず生きているはずだ！」

衰弱してふらふらになった脚を、北に進める。里までどれくらい離れているか分からない。

でも北に進んでいけば、必ず帰れるはず。両親の待っている白魔狼の里に。

『ガルル……』

『ガルル……』

そんな時である。前方に嫌な気配を感知する。

「ちっ……狼の群れか……」

現れたのは野生の狼の群れであった。数は十頭あまり。鋭い牙を向けてきた。

「さがれ、下等種が！」

ボクは威嚇する。上級魔獣の白魔狼は、狼の上位種。北の大山脈でも。狼は白魔狼を恐れて逃げていた。

『ガルルル！』

だが威嚇は通じなかった。逆に狼の群れは、襲いかかってきたのだ。

衰弱した白魔狼の幼子を、小さな野犬だと見下してきた。自分たちの恰好のエサとして、食いかかってきたのだ。

「そんなバカな!?　くそっ！」

ボクは迎え撃つ。フラフラになった身体にむちを打って、狼を倒していく。


「はぁ……はぁ……」

数頭倒したところで、狼の群れは去って行く。潜在的な力の差を、感知したのであろう。

「くそっ……狼ごときに、こんなに手こずってしまった……」

追い払ったものの、落胆してしまう。下等種である狼に苦戦してしまったことに。自分の力不足が招いてしまった事態だった。

「このまま里に戻っても……ボクは勝てない……」

ボクは実力不足を実感した。仇の黒魔狼族に勝てないと。

何しろ奴らは強い。白魔狼と同等の戦闘力を持っているのだ。

「それにあの黒い霧を打ち破るには……力が必要だ……」

白魔狼族の力を弱体化させた謎の霧。あれの正体は不明。解明もせずに未熟な今のままでは、死にに行くようなものである。

とにかく力が必要だった。全てを打ち倒す、圧倒的な力が。

「とにかく力を……力をつけて強くなるんだ……どんなことをしても……」

ボクは足元に転がっていた死体を、無意識的に食らい始める。先ほど倒した狼だ。とにかく今は腹を満たして、体調を整えなければいけない。

「力をつけて強くなるんだ……どんなことをしても……」

こうして決意した。力をつけていくことを。それが白魔狼の誇りを傷つけようとも……。


それから数日後、ボクは元気に回復していた。

そして多くの部下を手にしていた。森に巣くう狼の群れを、配下にしたのだ。

「こいつらが戦力になるとは思えない……でも、ボクはなりふり構っていられないんだ！」

誇りある白魔狼族は、下等な狼を従えたりしない。だが今は、少しでも見える力が欲しかった。

「何か間違っているような気がする……でもボクは手段を選んでいる場合ではないんだ……」

ボクは大人になる前に、親元を離れてしまった。だから知らない。本当の白魔狼の戦士が、どうあるべきか。そして誇りを胸に、どう生きていくべきか分からないのだ。

「とにかく、もっと狼の部下を増やしていこう。そのためには、こいつらのエサも必要だ」

群れは大所帯になっていた。エサとなる周囲の獣も、だんだんと減ってしまった。

「いざとなったら……人族の里を襲うしかないな……」

白魔狼族は弱い人族を襲ったりしない。だが今は背に腹は代えられない。一族の復讐を成し遂げるためには、外道に足を踏み入れるしかないのだ。

「誰か……助けて……」

周囲に誰もいないことを確認して、ボクは弱音を吐く。胸が苦しくなってきたのだ。

できれば自分のことを、誰かに救って欲しかった。間違った道に行こうとしている自分を、誰かに止めて欲しいのだ。

だが本来叱る役目の両親は、今はいない。孤独な幼子は、復讐の道を突き進んでいくしかない。

「さて、戻るとするか……」

群れから離れていたボクは、配下の所へ戻ろうとする。後悔しても、時間はもう巻き戻せないのだ。

「んっ!?」

その時である。危険な気配を感知した。

『キャイイーン!』

直後、前方から狼の鳴き声が聞こえてくる。これは配下の狼の断末魔。

「群れが敵襲を受けている？　でも誰に!?」

あの規模の狼の群れを襲う野生の獣はいない。いるとしたら危険な魔獣か、もしくは人族の狩人の集団であろう。

「とにかく急がないと！」

貴重な手駒を、ここで失う訳にいかない。ボクは全力で、戦いの場へと駆けていくのであった。

到着した時には、戦闘の勝敗はついていた。かなりの配下が倒れている。ボクは身を隠して状況を確認する。

配下の狼は半減していた。残っている狼も闘争本能を失っている。逃げ出さないのは、白魔狼族の束縛が効いているからだ。

（敵は何だ？　あれは……人族か？　でも一人だけ!?）

信じられない光景であった。襲撃してきたのは人族の狩人。しかもたった一人しかいないのだ。

（でも油断は大敵だ。人族の中には、危険な個体がいる……）

白魔狼族の中でも最強だった父上から聞かされていた。人族の中にも勇敢な戦士がいると。彼らは剣を牙のように操り、勇敢に戦うと。

誇りある父上も過去に、人族の戦士に戦いを挑み、その強さを認めていたのだ。

（それなら死角から奇襲だ！）

白魔狼族の最大の力は筋力ではなく、その素早さである。

ボクは軽いという身体の利点を利用して、木々の上を飛んでいく。無音での高速移動。そのまま人族の上部に移動して、一気に下降。

落下の速度を利用した奇襲攻撃だ。

（もらった！）

奇襲は成功した。愚かな相手は気が付いていない。このまま無防備な人族の頭を、食い破ってやる。

「上か？」

だが信じられない速度で、人族は反応した。持っていた大木で、軽々と防御したのだ。

（こいつ……ただ者ではないのか？　だが相手の武器を壊した。ボクの勝ちだ！）

人族は武器を持たなければ無力である。目の前の無手の相手は、牙や爪を削《そ》がれた状況だ。

「お前、魔獣《まじゅう》……魔狼《まろう》か？」

だが相手は余裕だった。世間話でもするように尋ねてきた。

『魔狼などという下等種ではない。誇り高き白魔狼《はくまろう》だ！』

即座に訂正する。ボクは誇りある一族だと。両親のことを思い出し、感情が高ぶってしまう。

『うるさい！　死ね！』

この人族の言葉は、何故か癇に障る。心の奥をイラつかせる。

幼狼は激情にかられるままに、再度攻撃をしかけていく。

『死ね！　愚かな人族め！』

勝利を確信して吠える。うるさい人族の喉を、牙で食い破ろうとする。

「なかなか速いな。だが工夫がない……覇《は》っ！」

逆に相手の右拳が飛んできた。直後、ボクは吹き飛ばされてしまう。

(今のは……攻撃!? でも、どうやって!? 痛い……アゴが焼けるように痛い……)

凄まじい攻撃だった。咄嗟《とっさ》に防御したので、何とか即死は免れている。

だがダメージは絶大だった。ボクはたった一撃で瀕死になったのだ。

(こいつ……人族の戦士だったのか……強い。強すぎるなんてレベルじゃないよ……)

ボクはようやく相手の力量を把握した。敵はかなりの強者だったのだ。白魔狼族でもこれほどの戦士はいない程の。

『グルル……』

だが逃げ出すわけにいかない。フラフラの身体を気合だけで立たせる。

立っているのも辛い瀕死状態。だが、ここで倒れる訳にいかない。

父上と母上の仇を討つためには、こんなところで死ぬわけにはいかないのだ。

『『キャイーン、キャイーン！』』

そんな時、配下の狼たちが退却していく。ボクが瀕死状態になったことで、束縛の力が切れたのであろう。

これで味方は誰もいなくなった。敗北が確実。意識もだんだんと薄れかけていく。

「さて、止めを刺すか……」

人族の戦士がゆっくりと近づいてきた。止めを刺すために、右拳を大きく振りかざしている。

先ほどよりも強力な一撃。今度こそ即死であろう。

『父上様……母上様……』

思わずその言葉が出てきた。天国にいる両親に向けての謝罪。

白魔狼族は勇気ある戦いによって、死ぬことを誇りとする。この人族は最強の戦士であった。それに破れることは恥ずかしくはない。

『ボク、仇を討てずに、ごめんなさい……』

だが無念の想いだけは残っていた。自然と目を閉じて涙を流す。

そして静かで暗い闇の中に、ボクは落ちていくのであった。


それから時間が経つ。

『うぐぐ……ここは？』

ボクは目を覚ます。ここは天国だろうか？

「起きたか」

いや天国ではなかった。

ここは人族の家の中。その証拠に目の前に、あの人族の戦士が座っていたのだ。

『……なぜボクは生きている？』

人族から距離をとって退く。状況がつかめずに混乱していた。

あの時、ボクは止めを刺されて死んだはず。どうして生きているのであろうか？　しかも怪我を治療された跡まである。

「お前は、里から逃げ出してきたのか？」「あんな一般種の狼を何頭集めようが、黒魔狼には勝てないぞ？」

人族は次々と質問してきた。それは厳しい言葉の数々だったが、全て正解だ。

（でも他に方法がなかったんだよ……仕方がなかったんだよ……）

人族の質問は、今のボクには痛すぎた。

本当は自分一人の力で仇が討ちたかった。でもできない。今のボクは幼くて弱い。黒魔狼の連中には勝てないのだ。

「お前、強くなりたいのか？」

『あ、当たり前だ！　仇を討つために、必ず強くなるんだ！』

人族の質問に、即座に答える。

当たり前だ。ボクは必ず強くなる。父上と母上の仇を討つために、誰よりも強くなるんだ！

「いい目だな。だったらオレがお前を鍛えてやる。その黒魔狼に勝てるように……な」

えっ……こいつは何を言っているんだ。人族が白魔狼族であるボクを鍛えるだと？

どう考えても不可解な提案であった。だがボクは断ることが出来なかった。

何故ならこの戦士の言葉には、強い力があった。出口の見えない迷路に堕ちていた、ボクへの熱い想い。両親から感じた温かさと同じ、強い想いがあったのだ。

「という訳でお前は今日から、オレの弟子だ。いや、〝家族〟みたいなものだ」

信じられない誘いだった。男はボクのことを家族として迎え入れてくれるという。

仲間と家族の全てを失ったボクを。魔獣として忌み嫌うはずの存在のボクを、温かく迎え入れてくれるというのだ。

「名前は〝フェン〟はどうだ？　神話時代の偉大なる〝神狼フェンリル〟からとった」

更に驚いた。

白魔狼族は一人前と認められたときに、親から名をもらう。

ボクに名を与えてくれたのだ。しかも憧れの〝神狼フェンリル〟からとった、フェンという素敵な名を。

「オレの名はオードルだ」

人族の戦士はオードルと名乗ってきた。

オードル……どこかで聞いたことがあるような名。父上から一度だけ聞いたことがあるような気がする。勇敢な人族の戦士の名として。

「あと、この家にオレの娘も住んでいる。まだ小さいので仲良くやってくれ。オレが留守の間、出来れば守ってやって欲しい」

オードルには幼い娘がいた。マリアという可愛らしい女の子。末っ子だったボクに妹が出来たのだ。

『まかせて、オードル！　誇りある白魔狼族は、家族は命懸けで守る！』

こうして絶望の淵にいたボクは、生まれ変わった。オードルという強くて温かい存在に救われたのだ。

◇◇◇

「へー、フェンとオードルに、そんな出会いがあったのね？」

『そうだワン、エリザベス。懐かしいね』

「なんか、今のフェンと雰囲気が違ったのね？　尖ったナイフみたいな？」

『そ、それは言わないでよ……ボクも恥ずかしい思い出なんだから……』

「冗談よ。人生には色々あるからね。それにオードルと一緒だと、また一波乱ありそうだからね」

『そうだワン！　オードルは事件を呼び寄せる人族だからね』

「それもそうね。飽きることはないわね。じゃあ、フェン。そろそろ引っ越しの準備を終わらせましょう」

『まかせてワン！』

ボクたちオードル一家には、これからも波乱に満ちた……そして楽しい毎日が待っているワン。

少年時代

「ねえ、オードルって、村ではどんな子どもだったの？」

「オレの子供《ガキ》の頃の話か？　普通だぞ、エリザベス？」

「それでも聞いてみたいわ」

それなら仕方がない。少しだけ話してやるか。幼い時の村でのことを。

◇◇◇

一番古い記憶は、一歳くらいの時だろうか。

捨て子であったオレには、親の記憶はない。この村の正門前に捨てられていたという。

拾われてから一年くらいは、村長の家で育てられた。そうだ、今の村長の親の家だ。

二歳になったオレは、村長の家を出ていく。自立するためだ。村の外れの廃屋を、寝床にするようにした。

「えっ!?　二歳で自立をしたの、オードル!?」

「ああ、そうだ。捨て子だった当時のオレは、他人を一切信用していなかったからな」

「その気持ちは分かるけど。いくら何でも早すぎよ」

話がそれてしまった。話を戻そう。

オレは二歳から誰の助けも借りずに、一人で生きてきた。

食糧は近隣の森で、自分で手に入れた。山菜や果物、キノコなんかを生で食らっていた。今思うと獣のような子供《ガキ》だったな。

また三歳くらいから狩りも始めた。自家製の弓矢と槍で、森の獣を狩って食うためだ。

最初は森ウサギや野鳥など、小さな獣を。慣れてきたら森猪や森鹿を獲物とした。

服も獣の毛皮を剝いで、自分で作った。出来の悪い服だったから、外見は二本足の小さな獣に見えたかもしれないな。

「三歳で森猪を狩ったり、服を作ったりなんて……驚きだわ」

「村の大人を見て、真似て覚えた自己流だった。生きるために必死だったからな」

さて、話を戻そう。

廃屋に住みながら、森に入って狩りの毎日。そんな暮らしを五歳までしていた。

もちろん友だちなんていなかった。何しろ村の住人は、オレを恐れていた。当時は……悪鬼なんて呼ばれていたものさ。

そんなオレに転機が訪れる。ある日、村に盗賊団がやってきたのだ。

『この村はオレ様たちが占領する。金目の物と食い物をすべて出せ！』

そいつ等は脱走兵崩れの盗賊団だった。

当時の村は今よりも貧しかった。金目のものは皆無で、食糧もギリギリの生活をしていた。盗賊団に差し出せたのも、僅かな穀物と野菜だけだった。

『ちっ、しけた村だな！　それなら男どもは皆殺しだ。女と子どもは奴隷商人に売る！』

盗賊団は残忍に笑っていた。そのままでは村の壊滅は目に見えていた。

その時、オレはどうしたかって？　先手を打って、盗賊団を襲撃したのさ。

当時のオレは獣のような子供《ガキ》だった。自分のテリトリーを侵されて、牙を向いたのだ。

結果はオレの圧勝だった。まずは村長の家に居座っていた、盗賊の頭を斬り倒す。相手は大柄な男だったが、問題はなかった。

何しろ五歳の当時のオレは、闘気術を既に開花させていた。森の狩りで何度も死にかけて、自然と身につけていた力だった。

頭を倒した後は、簡単な作業だった。賊の武器を奪って、残った賊を斬り倒していく。

相手の数は多かったが問題ない。森の危険な獣に比べて、賊どもの動きはノロかったからな。

それほど時間はかからず、十数人いた盗賊団を全滅させた。

「五歳で闘気術を操り、兵士崩れの賊を全滅させたの？　凄すぎる子どもね……」

「今思うと子供《ガキ》の喧嘩だ。剣術も何もない」

「それでも凄すぎるわ。その戦いの後はどうなったの？　皆から感謝されたの？」

いや、そうでもない。戦いの後、村人たちの反応は微妙だった。

何しろ五歳の子どもが、たった一人で十数人を皆殺しにしたのだ。

返り血で真っ赤に染まったオレを見て、震える大人もいたな。

まあ、その反応も仕方がない。何しろ当時のオレは〝悪鬼〟と呼ばれた村の厄介者。村を助けたのも気まぐれだった。

また村外れの廃屋に戻って、獣のような暮らしを再開するしかない。

そんな時。一人だけ声をかけてきた村の青年がいた。

当時まだ三十代の青年だった、今の村長……ジイさんだ。

「ま、待て！　お前、オードルだったよな？　村を助けてくれて、ありがとうな！」

青年ジイさんは震えていた。だが勇気を振り絞って、着替えの服を渡してきたのだ。

「よ、よかったら、この服を使え！　そんな血まみれだと、身体に悪いだろう！」

オレは素直に受け取ることにした。相手の意図は分からなかったが、敵意はなかったからな。

「うん……」

それから村でのオレの暮らしは、今までと変わっていった。次の日から廃屋に人が来るようになったからだ。

「これ、うちで使わなくなった靴だ。こっちは畑で取れた野菜だ。焼いて食うと美味いぞ！」

来訪者は先日に続き、青年ジイさんだった。生活用品をオレに渡しに来たのだ。

「ああ」

相変わらず相手の真意は分からなかった。だが悪い奴ではなさそうだった。仕方がないので、オレは品物を貰うことにした。

「よう！　オードル！」

それから青年ジイさんは毎日のように、廃屋を訪れる。時には森に入ったオレを、追いかけてくることもあった。

とにかく一日一回は必ず、顔を見せるようにしていたのだ。

そして月日が経っていく。

「オレさ……この村を良くしたいんだ。協力してくれないか、オードル？」

「ああ、いいぞ」

いつの間にか青年ジイさんと、そんな話が出来るまで仲良くなっていた。

村長の一家に生まれた青年ジイさんは、次の村長の役職を継ぐ。恩を受けたオレは、陰ながら助けることにしたのだ。

森の開拓を手伝い、獣の群れを退治していった。

やっていることは今も昔も、あまり変わらない。

だがそれから段々、オレの生活は変わっていった。

「おい、オードル。いつも悪いな！　この野菜を食え」

「まったく大した子どもだよな！　大人以上の働きものだな！」

いつの間にか他の村人たちも、オレに話しかけるようになっていたのだ。

これも青年ジイさんの影響であろうか。とにかく村人とオレの距離は近くなっていた。

「これを使え、お前たち」

オレは狩りで余った肉や毛皮を、村人に譲るようになっていく。時には日用品と交換もした。

村人とオレとの交流は、自然と広がっていった。

あっという間に二年が経ち、オレは七歳になっていた。

村は見違えるように豊かになっていた。貧乏な辺境の村であることは変わらない。だが隣人を助けられるくらいには、生活は向上していたのだ。

それは青年ジイさんのリーダーシップのお蔭だった。やり場のなかったオレの力を、ジイさんが最大限に生かしてくれたのだ。

「オレ、村を出る。傭兵になって金を稼ぐ」

七歳になったオレは、村を出ることにした。辺境の村人によくある、出稼ぎというやつだ。

世話になった青年ジイさんに、別れを告げる。

「そうか……オードル、無理をするな。たまには村に帰ってくるんだぞ」

孤児のオレには家族はいない。だが、その時のオレには家族以上の存在がいた。それは村の皆であり、青年ジイさんだった。

「ああ、そうだな。必ず戻ってくる」

だから村には定期的に帰郷するようにしていた。特に目的があって戻る訳ではない。故郷というものは、そういう場所なんだろうな。

「じゃあな」

オレは村を出てから、ある傭兵団に入って働き始めた。当時のオレは獣の毛皮を愛用していた。最初は誤解も受けて、大変なことばかりだった。長く楽しい傭兵生活のスタートさ。

さて、ここから長い話になる。今回はここまでにしておこう。

◇　◇　◇

「オードルが子どものころに、そんな良い話があったのね……」

話を聞き終えて、エリザベスは涙をハンカチで拭いていた。どこに感動する要素があったか、オレには分からない。女心は難しいものだ。

「それでオードルは今も、村長に頭が上がらないのね？」

「オレがジイさんにだと？　まさか……いや、そうかもしれんな」

ジイさんは何かと厄介ごとを頼んでくる。だがオレは今まで一度も断ったことがない。

何故ならジイさんには、返しきれないほどの恩があったからだ。

「ジイさんか……」

獣のように人の道を外れていた自分に、人の温かさを教えてくれた。人としての生き方を、一から教えてくれた存在。

喩えるなら……〝父親〟や〝兄〟のような存在なのかもしれない。

「ほら？　いい話よね？」

「そうか？　昔の話だ。今のジイさんは、食えない村長になったからな。ほら、噂をすれば……」

タイミングよく村長がやってきた。何やら企んでいる顔をしている。きっとオレに難題を頼むのであろう。顔を見ただけで分かる。

「すまないが、オードル。街に引っ越す前に、頼まれごとを聞いてくれないか？」

予感は当たった。また厄介な仕事を頼みにきたのだ。

まったく……引っ越し前で忙しいのに、相変わらず人使いの荒いジイさんだな。

「ああ、いいぞ。内容はなんだ？」

だがオレに断る選択肢はない。受けた恩は一生かけて、返していくつもりなのだ。

「おお、ありがたいのう、オードル。昔の悪鬼のころに比べて、なんとも聞き分けのよい大人になったもんじゃ！」

どうやら今日は昔話付きだ。これは話が長くなりそうだな。

仕方がない。ジイさんの昔話を、とことん聞いてやるとするか。

あとがき

著者ハーーナ殿下「このたびは拙作を手に取っていただき、誠にありがとうございます」
剣姫エリザベス「登場人物を代表して、私からもお礼を言うわ」
ハーーナ「エリザベスさん。あとがきにまで、乱入なんですね」
幼女マリア「マリアもいるよ」
白魔狼フェン『ボクもいるワン！』
ハーーナ「うわーなんか沢山きたぞ……とにかく、〝小説家になろう〟で投稿していた当作品を、こうして皆さんのお手元までお届けできて、今はひと安心しています」
エリザベス「ウェブ版に比べて、けっこう修正していた部分があったわね？」
ハーーナ「はい、そうですね。この書籍版はテンポを重視して、読みやすくしていました。あと口調などの統一や変更もしました」
エリザベス「私の口調の変更もね？　大丈夫なの？」
ハーーナ「はい。エリザベスさんは十六歳の恋する乙女風な口調に変更しておきました。これでオードルさんに気持ちが伝わりやすくなると思います」

エリザベス「そうだったのね！　でかしたわね、作者！」
マリア「あと、さいごにお話が三コあったよ！」
ハーーナ「マリアちゃんの言うように、巻末にオリジナルの閑話を三話追加していました。主に過去編のショートストーリーになります。このあとがきを先に読む方もいるので、その辺は読んでからのお楽しみということで」
フェン「シリアスなボクの話もあったワン！」
エリザベス「ウェブの読者から切望されていた、私の旅物語もあるわよ！」
マリア「作者さんに、しつもんです。二かんは？」
ハーーナ「…………」
エリザベス「…………」
フェン『……』
ハーーナ「そ、それは、私や登場人物の皆さんの頑張りしだいですね。今後もオードル一家は大活躍していくので、ご声援をよろしくお願いいたします」
エリザベス「大人の事情ね。あれ？　そういえば当人のオードルはどこ？」
オードル「オレは最初からここにいたぞ」
ハーーナ「うわっ!?　ビックリした！　完全に気配を消していたんですね？　もしかしたら恥ずかしがり屋さんだった!?」
オードル「さあな。それよりもお前たち。仕事の時間だぞ」

マリア「うん、パパ！」
エリザベス「私に任せてちょうだい！」
フェン『ワン！』
ハーーナ「では最後に改めて。このたびは当作品を手にとっていただき、本当にありがとうございます。今後とも戦鬼さんをよろしくお願いします」

プロアマ問わず、ジャンルも不問。
応募条件はただ一つ、
"大人が嬉しいエンタメ小説"であること。
第1回
一番自由な小説大賞です！
アース・ス

EARTH STAR NOVEL

戦鬼と呼ばれた男、王家に暗殺されたら娘を拾い、一緒にスローライフをはじめる ①

発行 ―――― 2019年4月15日 初版第1刷発行

著者 ―――― ハーーナ殿下

イラストレーター ―――― DeeCHA

装丁デザイン ―――― 山上陽一＋藤井敬子（ARTEN）

発行者 ―――― 幕内和博

編集 ―――― 筒井さやか

発行所 ―――― 株式会社 アース・スター エンターテイメント
〒141-0021 東京都品川区上大崎 3-1-1
目黒セントラルスクエア 5F
TEL：03-5561-7630
FAX：03-5561-7632
https://www.es-novel.jp/

印刷・製本 ―――― 中央精版印刷株式会社

ISBN 978-4-8030-1286-6